AF194147

Die Tote an der Strada del Sagrantino

Ein Umbrienkrimi

Barbara von Bredow

Dieses Buch ist ein Roman. Handlungen und Personen sind frei erfunden. Ähnlichkeiten mit lebenden oder toten Personen sind nicht gewollt und rein zufällig.

Bibliografische Information der Deutschen Nationalbibliothek: Die Deutsche Nationalbibliothek verzeichnet diese Publikation in der Deutschen Nationalbibliografie; detaillierte bibliografische Daten sind im Internet über dnb.dnb.de abrufbar.

Copyright © 2021 Barbara Gräfin von Bredow

Herstellung und Verlag:
BoD-Books on Demand, Norderstedt
Coverfoto: iStock Photo

ISBN: 9783756837991

Im Herzen Italiens, in der Region Umbrien, schlängelt sich die Strada del Sagrantino durch eine der schönsten Gegenden des Landes. Inmitten einer von Weinbergen und Olivenhainen geprägten Landschaft pflegt man das „Dolce Vita", die ruhige und entspannte italienische Lebensart, bis eines schönen Tages eine Frauenleiche in einem der Touristen-Appartements auftaucht.

Kommissar Volpe, sein Mitarbeiter Lupi und die smarte Assistentin Anna Morena decken im Rahmen ihrer Ermittlungen die dreisten Machenschaften eines Weinhändlers auf. Aber ist der Weingutsbesitzer auch der Mörder? Oder verdichten sich die Hinweise auf das deutsche Ehepaar, das offenbar nicht hierher gereist ist, um den Pool des Agriturismo und die exzellente Küche Umbriens zu genießen?

Entdecken Sie neben der akribischen Polizeiarbeit des Kommissar-Trios auch die atemberaubende Schönheit der Sehenswürdigkeiten Umbriens, die sich wie Perlen entlang der Strada del Sagrantino aufreihen.

Buon divertimento!

Kapitel 1

Loretta Felice betrachtet sich im Spiegel, bindet sich ihre langen widerspenstigen schwarzen Haare zu einem Pferdeschwanz zusammen und trägt einen korallenroten Lippenstift auf. Auch wenn die schlanke Loretta schlabbrige Jogginghosen und bunt bedruckte Shirts bei ihrer Arbeit trägt, wenn sie die Betten neu bezieht, die Küchenzeilen poliert oder die Steinböden in den Ferienappartements schrubbt, verzichtet sie nie auf die farbenfrohe Betonung ihrer sinnlichen Lippen.

Das Badezimmerfenster im zweiten Stock steht offen, und die kühle Morgenluft weht von der schattigen Gasse, der Corso Goffredo Mameli, die hinauf zur Piazza del Commune des Städtchens Montefalco führt, sanft herein. Loretta blickt aus dem Fenster. Durch das Stadttor, die Porta Sant'Agostino mit den hohen Zinnen, schlendern die ersten Touristen an den Geschäften entlang. Wer gerne Souvenirs sammelt, kann sich an handwerklichem Schmuck, einheimisch gewebten Leinenstoffen, handverzierten Keramikvasen sowie an der Vielfalt von Weinen, Spirituosen, Salami, Käse, Trüffel, Olivenöl, Safran und regionaler Feinkost erfreuen. Loretta schaut nach unten auf den Eingangsbereich der Bar, die sich im Parterre befindet. Ihr Mann Mauro konnte vor zwei Jahren die traumhafte Bar ‚Porta Agostino' mit der herrlichen Gewölbedecke aus Ziegelsteinen und den unterteilten bunten Jugendstilfenstern übernehmen.

Loretta nimmt Zigarrenrauch wahr. Luciano, der ältere Stammgast, sitzt schon an einem der Bistrotische vor der Tür und genießt seine erste Zigarre bei einem Espresso. Täglich besucht er das Porta Agostino und bereitet auch ab und an einen Cappuccino aus der großen mattweißen Siebträger-Espressomaschine für die Gäste zu, wenn Mauro ein paar Einkäufe für die Bar im Supermarkt erledigt.

Die lebensfrohe Loretta liebt ihren Mann und das Leben in dieser Stadt auf dem Hügel. Für sie ist Montefalco das Herz Umbriens, wenn nicht sogar Italiens.

„Genug geträumt", sagt Loretta zu sich, „ich muss mich beeilen, wo ist nur wieder der Autoschlüssel? Porca miseria, so ein Mist! Ich sollte vor zehn Uhr am Ferienhaus sein." Sie rennt die engen Steintreppen im Haus hinunter, eilt durch den Hintereingang in die Bar und verabschiedet sich von Mauro.

„Hast du heute nicht etwas vergessen?" lacht sie und gibt ihm ein Küsschen. Mauro poliert die Gläser und sieht sie fragend an, als sie zur Tür hinaushuscht.

Sie eilt an Luciano vorbei: „Buongiorno Signore, che bella giornata! Ich bin zu spät, ich muss nach Belvedere. Ciao!"

Luciano winkt ihr mit einem Lächeln zu, zieht an seiner Zigarre, blickt ihr mit leuchtenden Augen unter seinen dicken Augenbrauen hinterher und denkt: "Was für eine wunderbare Frau, diese Loretta - che figura, meravigliosa, eine sehr bezaubernde reizende Erscheinung!"

Ihr kleiner erdbeerroter Fiat 500 bringt sie sicher durch die ausgefahrenen Asphaltstraßen, die sanften Hügel hinauf und hinunter, entlang an Olivenhainen und Weinbergen. Hier und da taucht ein kleineres Weingut auf. Etabliert haben sich inzwischen auch große pompös neu gebaute Weingüter, die sich nicht mehr ‚Cantina', sondern ganz international ‚Winery' nennen, um den Bustourismus aus der weltberühmten Toskana nun auch nach Umbrien zu locken.

Die Straße ist ein Teil der berühmten ‚Strada del Sagrantino'. Immer beliebter wird diese Straße für Rennradfahrer. Die ausdauernden Sportler schwitzen unter ihren Helmen und treten angestrengt in die Pedale. Die rasierten glänzenden Beine lenken den Blick auf die feinen Nuancen der Wadenmuskulatur. Loretta versteht diese überehrgeizigen Menschen nicht. Sie selbst macht gerne einmal in der Woche mit ihren Freundinnen Sport, ein bisschen Gymnastik nach Musik in der alten Schulturnhalle. Anschließend verbringt man den Abend bei Pizza und Prosecco, wobei es nicht immer bei einem Glas bleibt. Ihrer Freundinnen sind meist schon verheiratet und haben Kinder, andere sind noch auf der Suche nach dem passenden Traummann. Zu erzählen und zu lachen gibt es immer etwas.

Nach nur wenigen Minuten erreicht Loretta das Bergdorf Belvedere. Dieser kleine idyllische Ort ist bei naturbegeisterten Gästen sehr beliebt. Sie wohnen gerne in den ursprünglich gebliebenen Häusern. Die Dachterrassen bieten einen herrlichen weiten Blick über die geheimnisvolle Schönheit Umbriens.

Loretta Felice stellt ihren Fiat auf dem Parkplatz unterhalb des Ortes ab. Sie eilt die letzten wenigen Meter zu Fuß zum Ferienhaus 'Casa Belvedere'. Die Gasse ist menschenleer. Einige Einwohner kaufen schon auf dem Wochenmarkt in Montefalco ein, die Jüngeren schlafen aus, und deutsche Feriengäste genießen gerade ihr beliebtes üppiges Frühstück bei Filterkaffee, Wurst- und Käsebrötchen, Kuchen und einem weich gekochten Ei.

Loretta ist überglücklich. Auf der Fahrt rief Mauro auf ihrem Smartphone an. Beinahe hätte er es vergessen: Der zehnte Hochzeitstag! Heute Abend lädt er sie ins noble Ristorante Il Fagiano in Montefalco ein. Sie freut sich auf den gemeinsamen romantischen Abend. Ihr Geschenk für den Jubiläumstag, ein Gutschein für ein Wochenende auf der Insel Giglio, wird sie ihrem Mauro mit einer roten Rose nach dem Abendessen überreichen. Mit achtundzwanzig Jahren gab sie ihm das Jawort. Wie die Zeit vergeht. Sie lächelt und kramt nach dem Hausschlüssel des Ferienhauses in ihrer unübersichtlichen maisgelben Handtasche.

Sie steckt den Schlüssel in das Schloss, jedoch ist die dunkelgrüne Eingangstür nicht abgeschlossen. Vermutlich sind Gäste im Haus. Sie klopft, hört aber niemanden antworten, sie klopft nochmals und geht ins Haus. Beim Eintreten befindet man sich direkt in einem geräumigen Wohnzimmer. Das alte Haus wurde liebevoll renoviert mit viel Holz, Dielenböden und hellen Wänden. Der alte offene Kamin aus rötlichen Backsteinen wurde restauriert, ein besonders eindrucksvoller Blickfang für die Gäste.

Loretta nimmt jedoch diesen schönen Salon nicht wahr. Der Anblick, den sie wahrnimmt, lässt sie erschaudern. Ihr bleibt der Atem stehen, kalter Schweiß läuft ihr von der Stirn. Ihre Hände verkrampfen sich zu einer Faust. Sie erstarrt. Doch plötzlich stößt sie einen herzzerreißenden Schrei aus und rennt hinaus auf die Gasse.

Kapitel 2

Die Kaffeemaschine spuckt die letzten Tropfen durch den Filter in die Glaskanne. Karin setzt ihren weißen Sonnenhut auf, nimmt die Kanne in die Hand, trippelt in ihren weißen Sommerschuhen über die unebenen rötlichen Steinplatten auf die Terrasse der Ferienwohnung und setzt sich an den gedeckten Frühstückstisch. Ihr Mann Frank, ein Frühaufsteher, besorgte bereits frische Brötchen in einer antik eingerichteten Bäckerei ein paar Ortschaften weiter. Karin schlief dagegen sehr lange. Sie ist noch immer erschöpft nach der weiten Anfahrt aus Dortmund. Das Ehepaar Frank und Karin Sassner verbrachten noch nie Ferien auf einem Landgut, einem Agriturismo. Auch ist es für die beiden die erste Reise nach Umbrien.

Das Agriturismo Collevecchio erreicht man von der Landstraße aus über einen geschotterten Weg, vorbei an Nussbaumplantagen, Olivenhainen, Schafherdeweiden sowie an den mehrere Hektar großen Weinanbauflächen Umbriens bekanntester Rebsorte ‚Sagrantino'. Die letzten paar hundert

Meter fährt man zwischen Olivenhainen einen Feldweg hinauf zum Agriturismo. Das alte Anwesen wurde nie umgebaut oder erweitert und hat somit seinen Charme erhalten. Lediglich die Fassade erhielt eine Auffrischung in einem warmen Ockergelb, und die Holzläden mit Lamellen strahlen im zarten Hellblau.

Eines der Nebengebäude, welches früher als Lagerhalle diente, wurde zu einem Ferienhaus mit vier Wohneinheiten umgebaut und mit den gleichen Farben des Landgutes gestaltet. Jedes Appartement ist stilvoll mit antikem Mobiliar eingerichtet.

Duftende Rosmarinsträucher, Olivenbäume, Zypressen, Erdbeersträucher, mit ihren warzigen orangefarbenen Beeren, Obstbäume, die von ein paar hungrigen Wespen umschwärmt werden, sowie eine alte Eiche und eine hoch gewachsene Kiefer schmücken den Garten. Terracotta-Amphoren mit Bougainvillea im kräftigen Pink-Rosa zieren die Terrasse am Pool. Das gesamte Anwesen ist von traumhaft schönen Olivenhainen und Rebstöcken umgeben und bietet einen Blick auf den berühmten Weinort Montefalco, unverkennbar durch seinen hohen markanten Wasserturm.

„Warum sind wir ausgerechnet hier auf so einem heruntergekommenen Bauernhof gelandet? Was für ein grässlicher Hühnerstall direkt neben dem Pool! Und überall diese vielen Katzen!", empört sich Karin und lässt den auf ihrem Schoß sitzenden Chihuahua in das belegte Schinkenbrötchen beißen. „Außerdem ist die Dusche viel zu eng, da bleibe ich ja stecken!"

„Liebste Karin, dann solltest du ein bisschen abnehmen", antwortet Frank süffisant.

„Aber mir gefällt es hier nicht. Wir sollten morgen wieder abreisen. Du und deine idiotischen Ideen. Das ist mir hier zu gefährlich!", faucht Karin weiter.

„Das war doch dein Plan, mein Schätzchen. Ich habe alles genauso organisiert, wie du es wolltest. Aber bitte, ich kann gerne die Koffer wieder packen ..."

„Buongiorno!", ruft Rosanna Baldelli, die Weingutsbesitzerin, fröhlich aus der Ferne und hält eine Flasche Rotwein in der Hand. Sie nähert sich den Gästen.

„Tutto bene? Hatten Sie eine gute Anreise? Ich möchte Ihnen zur Begrüßung eine Flasche Sagrantino anbieten. Prego, bitteschön, genießen Sie ihn. Gerne zeige ich Ihnen die Tage meine Cantina, den Weinkeller".

„Ach wie reizend von Ihnen", sülzt Karin. „Grazie grazie wir kommen gerne. Ist denn der Pool beheizt?"

„Signora, wir sind hier im Süden. Der Pool wird Sie angenehm erfrischen. Fühlen Sie sich wie zu Hause. Wenn Sie etwas brauchen, kommen Sie zu mir herüber ins Landhaus. Ich wünsche einen angenehmen Aufenthalt."

Karin wirft ihrem Mann böse Blicke zu, als dieser sich nach der großen schlanken Rosanna umdreht, während sie mit locker schwingender Hüfte vorbei an den Rosmarinsträuchern zurück in ihr Landgut stolziert. Auch mit ihren sechsundvierzig Jahren ist sie eine überaus junggebliebene Frau. Ihre schulterlangen, gelockten, schwarz-rötlichen Haare glänzen in der Morgensonne. Bevor sie das Weingut übernahm, studierte sie Medizin in Rom. Sie lernte dort den damaligen Medizinstudenten Matteo kennen und lebte seit ihrer Studienzeit mit ihm zusammen. Rosanna begeisterte das Medizinstudium, nicht aber die Arbeit und die langen Schichten in der permanent nach Desinfektionsmitteln stinkenden Klinik. So zog es sie zurück in ihre Heimat, und sie übernahm das Weingut ‚Cantina Baldelli‘ ihrer sehr früh verstorbenen Eltern. Matteo, der in Rom in einer Klinik als Arzt arbeitet, kam einige Jahre lang an den Wochenenden zu Rosanna nach Collevecchio, bis er eine junge Ärztin aus den USA kennenlernte. Das war ein harter Schlag für Rosanna.

Ihre einzige Tochter Sofia studiert Pädagogik in Rom. Sofia ist in einem Alter, in dem man im Leben nichts verpassen möchte. Möglichst viele Freunde kennenlernen, jedes Wochenende auf einer anderen Party tanzen, in der Großstadt die Nächte in Clubs und Bars verbringen, Ausflüge mit der Clique an das Mittelmeer unternehmen und in den Semesterferien die Welt bereisen. Papa Matteo wohnt in Rom vor Ort, ein durchaus vorzügliches Privileg, wenn das nötige Bargeld ausgeht. Für Mama auf dem langweiligen Land ist wenig Zeit.

So lebt Rosanna alleine mit ihrer Tante, der Schwester ihrer Mutter, auf dem Anwesen. Ohne die rüstige Achtundsiebzigjährige mit ihren kurzen mittelbraun gefärbten Haaren, die im Ort von allen Freunden und Bekannten liebevoll Nonna, die Oma, genannt wird, würde Rosanna die Arbeit auf dem Weingut nicht bewältigen. Nonna steht täglich um sechs Uhr auf, füttert die Hühner, den Hofhund und die acht Katzen. Sie pflegt den Garten, kümmert sich um die Wäsche und um die Reinigung der Ferienwohnungen. Sie ist zudem eine leidenschaftliche Köchin. Strangozzi und andere Nudelarten bereitet sie grundsätzlich selbst zu. Bei ihr kommen keine Nudeln aus dem Supermercato auf den Tisch. Sie kocht mit einer beneidenswerten Ruhe die feinsten Hasenrollbraten, Wildschweinbraten oder Fischgerichte mit vielen Variationen an Gemüsen und Salaten aus ihrem Garten. Jeden Samstag backt sie Kuchen oder Gebäck nach Rezepten ihrer Großmutter. An diesem Wochenende entscheidet sie sich für Tozzetti, die feinen Mandelkekse mit Anis.

Rosanna bereitet in der Küche ihren zweiten Espresso in der Macchinetta, einem Espressokocher, auf dem Gasherd zu. Nonna steht mit ihrer Schürze am Tisch, auf dem sie ein großes Backbrett legte. Darauf schüttet sie das Mehl und drückt mit ihrer Faust eine Vertiefung in die Mitte. Den bereits gemixten flüssigen Teig, bestehend aus Butter, Zucker, Eiern, etwas gemahlener Vanille, Anissamen und ganzen Mandeln, fügt sie aus einer Schüssel behutsam hinzu und knetet bedächtig den Teig.

„Warst du bei unseren deutschen Gästen?", fragt Nonna und ergänzt: „Diese Tedeschi sehen nicht nach Leuten aus, die Urlaub auf dem Lande lieben. Die Signora trägt Schuhe mit hohen Absätzen, ein weißes Kleid mit großen roten Punkten, die Haare hellblond gefärbt, und ist geschminkt und gestylt wie für den Laufsteg. Sie ist doch bestimmt schon Ende fünfzig."

Rosanna schmunzelt: "Liebe Nonna, sie sind unsere Gäste. Vielleicht sind sie auf der Durchreise, sie haben nur wenige Tage gebucht."

„Und dieser Mann. Immer dieses finstere Gesicht. Er ist mir unheimlich. Die führen etwas im Schilde, das spüre ich."

„Nonna, du hast zu viel Fantasie." Rosanna lacht, nimmt ihre Tasse und begibt sich in den ersten Stock in ihr Büro.

„Non mi piacciono, sie gefallen mir nicht", murmelt Nonna zu sich. Sie formt den Teig zu zwei länglichen Laiben, legt sie auf das Backblech und schiebt es in den Backofen. Sie überprüft die Temperatur und stellt die Eieruhr auf fünfundzwanzig Minuten. Schon bald verbreitet sich ein verführerischer Duft aus Anis und Mandeln in der Küche.

Nonna verteilt die noch warmen Tozzetti in Schüsseln und spürt plötzlich zwei kräftige eiskalte Hände auf ihren Schultern. Sie zuckt zusammen.

„Wer ist da?", ruft sie.

„Buongiorno Nonna, bekomme ich eine ganz große Schüssel Tozzetti?"

„Danielo! Du sollst mich nicht immer so erschrecken. Musst du heute am Samstag noch in Rosannas Büro arbeiten?"

Danielo nickt, stibitzt ein Mandelplätzchen und schenkt sich einen Espresso ein.

Nonna sieht ihn besorgt an. „Du bist blass! Hast du zu wenig geschlafen? Ich glaube, du arbeitest zu viel." Sie drückt liebevoll ihre Hände an seine Wangen.

„Mir geht es gut, liebe Nonna. Ich helfe Rosanna ein paar Rechnungen zu schreiben und Lieferscheine einzusortieren, und heute Nachmittag gehe ich Tennis spielen."

Danielo gibt Nonna ein Küsschen und begibt sich auf den Weg in den ersten Stock. Die Hündin Agata, eine weiße Maremmen-Abruzzen-Schäferhündin, wartet bereits im Büro in ihrem Korb auf Danielo. Nun begrüßt sie ihn freudig und schleckt liebevoll seine Hände ab.

Nonna liebt ihren stets gut gelaunten Danielo, den jungen Gutsverwalter, der seit ein paar Jahren auf Collevecchio arbeitet. Danielo Fabbri studierte Betriebswirtschaft. Nach seinem Studium eröffnete er zusammen mit seinem Bruder Stefano ein Geschäft für Land- und Gartenmaschinen in Spoleto. Als sein Bruder nachts durch einen Motorradunfall verstarb, gab Danielo das Geschäft auf. Er ist eine segensreiche Hilfe, nicht nur für die Administration. Er ist sich auch nicht zu fein, den Traktor zu fahren, die Landmaschinen zu reparieren, in den Ferienwohnungen die verstopften Duschen von den Haaren zu befreien oder die Glühbirnen zu wechseln. Danielo gehört zur Familie und wohnt bei Rosanna in einer kleinen Arbeiterwohnung oberhalb des Weinkellers. Nonna möchte zu gerne wissen, ob ihr hübscher, schlanker Danielo, dessen rabenschwarze füllig gelockten Haare jedes Mädchen neidisch erblassen lässt, sich nicht mit seinen fünfunddreißig Jahren nach einer jungen Frau umsehen möchte. Sie stichelt ihn sehr oft an, dass er doch bald heiraten sollte. Doch Danielo lenkt mit einem unübertrefflichen Charme vom Thema ab und erzählt Nonna lieber die neuesten Witze.

Die Gäste, ein deutsches Ehepaar um die fünfzig Jahre, Stammgäste bei Rosanna, die regelmäßig aus Leidenschaft bei der Weinlese helfen, ein Motorradfahrer aus England, ein paar italienische Gäste aus Turin sowie Karin und Frank Sassner genießen nach dem Frühstück den Spätsommer Umbriens in den Liegenstühlen am Pool. Man liest in einer Zeitschrift, einem Tablet, einem Roman oder studiert einen Reiseführer, oder man genießt in diesem kleinen Paradies einfach die Ruhe bei einem kühlen Getränk.

„Madonna! Oh Madonna hierher, hierher!", Karin kniet am Pool und hält einen Schwimmreifen ins Wasser. Ihr Chihuahua paddelt kläffend im Wasser um sein Leben. Eine schwarz-weiß gefleckte Katze begrüßte am Beckenrand den neuen kleinen Hundegast mit einem liebevollen Nasenschubser, worauf der Chihuahua vor Schreck nach rückwärts lief und in den Pool plumpste.

„Frank! Frank! So hilf mir doch mal!"

Frank, der auf der Sonnenliege ruht und in seinem Tablet liest, zieht mürrisch die Augenbrauen hoch.

„Kannst du nicht besser auf deine Töle aufpassen?"

Er zieht sein Shirt aus, springt mit seinen rotweißen Bermuda-Shorts in den Pool und hebt die verstörte Hundedame Madonna, die mit ihrem plattgedrückten Fell wie eine nasse Kanalratte aussieht, an den Beckenrand.

„Daran ist diese blöde Katze schuld", knurrt Karin. „Frank, wir reisen umgehend ab, sobald wir unsere Sache hier erledigt haben."

Kapitel 3

Antonio Volpe genießt heute seinen freien Tag. Er sitzt in seinem weißen Alfa Romeo, bepackt mit Angelruten, Werkzeugkasten, Benzinkanistern, Kühltaschen, einem belegten Panino mit Mozzarella und Tomaten und einem Panino Porchetta, dem kalten Spanferkelbraten, ein paar Äpfeln, zwei Flaschen Wasser sowie einer Flasche Trebbiano, dem leichten Weißwein für den Spätnachmittag. Sein Weg führt von seinem Appartement in einem Backsteinreihenhaus außerhalb des Altortes Montefalco über Perugia zum Lago Trasimeno. Sein kleines Fischerboot mit einem fünfzehn PS Außenborder liegt im Hafen in Castiglione del Lago. Der Hafenmeister, sein Freund und Angelkollege, hütet sein geliebtes fünf Meter langes Konsolenboot. Seit sechs Wochen wartet es auf eine Ausfahrt über den ruhigen See im Nordwesten Umbriens. Reisende, die aus dem Norden die Autobahn in Valdichiana verlassen, ihre letzten Mautgebühren begleichen und auf der Autostrada 6 Richtung Perugia gen Osten weiterfahren, bekommen beim Anblick des Sees einen ersten Eindruck von der bezaubernden Landschaft Umbriens. Nach etwa einer halben Stunde Fahrt klingelt Volpes Handy.

„Pronto!"

„Commissario? Hier spricht Francesco Lupi"

„Ciao Francesco, wo brennt es?"

„Signor Volpe, in der Notrufzentrale ging ein Anruf von Loretta Felice ein. Ich konnte sie kaum verstehen, aber ich glaube, sie hat eine Leiche gefunden."

„Francesco non scherzare, machen Sie keine Scherze über Leichen, ich bin auf dem Weg zum Lago …"

„Commissario, das ist kein Scherz. Es war wirklich Loretta, die Frau von Mauro. Bitte kommen Sie schnell in die Bar Porta Agostino!"

„Va bene Francesco", Volpe legt auf. „Maledetto! Warum heute am Samstag? Verflucht!"

Er dreht den Wagen mitten auf der Straße um, stellt das Blaulicht auf das Dach und rast über die Autobahn zurück in den Süden nach Montefalco.

***

„Chiuso" steht auf dem Schild an der Eingangstür der Bar Porta Agostino, die jedoch nicht verschlossen ist. Volpe tritt ein. Loretta sitzt zitternd am Tisch und weint. Mauro raucht eine Zigarette, eine weitere brennende Zigarette steckt in der Halterung eines Aschenbechers. Eine kleine Gruppe deutscher Touristen, bekleidet mit Shorts, bunten Hemden und Rucksäcken auf dem Rücken, öffnet die Tür und fragt: „Scusi, aperto?" Mauro bittet die Gäste höflich, in einer Stunde wiederzukommen. Im Moment ist chiuso, geschlossen. „Mi dispiace signori, grazie mille, grazie". Er schließt die Tür von innen ab.

„Signora Felice, was ist denn passiert?" Volpe betrachtet die erschütterte Frau.

Loretta kann nicht sprechen, ihre schwarze Wimperntusche ist bis unter die Augen verlaufen, sie putzt sich ihre Nase mit immer noch zitternden Händen. Mauro berichtet, Loretta habe Amalia tot im Ferienhaus in Belvedere aufgefunden. Loretta reinigt Ferienwohnungen in der Sommersaison.

„Wer ist Amalia?", möchte Volpe wissen.

Loretta sieht den Commissario an und spricht leise: „Amalia Conti aus Perugia, sie ist die Eigentümerin des Hauses. Sie vermietet es an Gäste, aber wenn sie hier in der Gegend ist, wohnt sie unterm Dach in ihrem eigenen Schlafzimmer."

Mauro setzt sich zu Loretta auf die Eckbank und nimmt sie in die Arme. Volpe stellt noch ein paar wenige Fragen, merkt jedoch schnell, dass Loretta nicht weiter vernehmungsfähig ist. Er bittet um die Adresse und den Wohnungsschlüssel des Hauses in Belvedere.

Als Mauro die Eingangstür aufschließt, möchte Volpe von ihm wissen, ob er Amalia Conti denn auch kannte. Mauro stottert verlegen: „Ähm nein, ähm ja, doch. Das ist aber mindestens ein Jahr her, als ich sie das letzte Mal sah."

Volpe nickt und verlässt wortlos die Bar. Er schreitet die Corso Mameli hinunter, durch das Stadttor ‚Porta Agostino' zum Parkplatz und steigt in seinen Alfa Romeo. Bevor er losfährt, nimmt er das Brötchen mit dem Spanferkelbraten, trinkt dazu ein paar Schluck Wasser aus der Flasche und denkt nach. Warum sagte Mauro erst nein, er kenne diese Amalia nicht? Vielleicht ist Mauro auch nur um seine Loretta besorgt und deshalb so nervös? Volpe schnauft tief durch, startet seinen Wagen und fährt los. Anstatt zur Angelfahrt auf dem Lago Trasimeno nun zur Leichenschau.

Kapitel 4

Die blonden langen Haare leuchten in den Strahlen der Mittagssonne. Volpe kniet neben einer kleinen schlanken attraktiven Frau, blaue weit aufgerissene Augen starren ihn an. Er kontrolliert den Puls. Sie ist tot. Loretta Felice hatte sich nicht geirrt. Die tote Amalia Conti trägt ein ärmelloses gelbes Midikleid mit dezentem himmelblauen und maigrünen Flowermuster und einem Neckholder, ganz im Stil der fünfziger Jahre. Farblich abgestimmt trägt sie dazu gelbe Schuhe. Volpe bestaunt die auffällig hohen Absätze. Die etwa dreißig Jahre alte Frau sieht nach einer Deutschen aus. Sie hat jedoch einen italienisch klingenden Namen: Conti. Sie schlug offensichtlich mit ihrem Kopf auf den Backsteinen des Kamins auf. Das viele Blut neben ihrem Kopf sickerte teilweise in die Ritzen der Holzbodendielen und ist inzwischen geronnen. Auf dem Tisch vor dem Kamin steht ein kleiner blauer Eimer mit Wasser. Vielleicht ist dem dezenten Zitronenduft nach etwas Spülmittel dazugegeben worden. Ein Spüllappen mit Blumenmuster schwimmt im Wasser. War es ein Unfall? War jemand in der Wohnung? Hatte Loretta nicht erwähnt, dass die Wohnungstür gar nicht abgeschlossen war? Wollte Signora Conti das obere Regal über dem Kamin mit den bunt bemalten Keramikvasen und Krügen abwaschen? Sie hatte doch Loretta Felice als Reinigungskraft eingestellt. Und trägt man so ein teures Kleid und solch hohe Schuhe bei Hausarbeiten?

Antonio Volpe besichtigt den Wohnraum und blickt auf die Küchenzeile. Im Spülbecken aus weißem Emaille steht eine benutzte Kaffeetasse, ein angeschnittenes halbes Brötchen liegt verlassen auf einem blauen Keramikteller. Amalia hatte wohl keinen Besuch zum Frühstück empfangen. Im Kühlschrank befinden sich eine Packung Gorgonzola, eine in weißem Papier eingepackte Fenchelsalami einer Macelleria in Montefalco, eine geöffnete Tüte Milch, ein Glas Oliven, ein Glas Aprikosenmarmelade und zwei Becher Joghurt.

Volpe entscheidet sich, erstmals nicht die Zimmer der oberen Etagen des Hauses zu besichtigen. Signor Grelli, der Chef der Spurensicherung, besteht darauf, zuerst sein Team die Untersuchungen durchführen zu lassen, bevor die Polizisten den Tatort zertrampeln. Signor Grelli ist ein gutmütiger Mensch, aber wenn wichtige Spuren durch ungeduldige oder übereifrige Ermittler verwischt werden, kann auch ein Signor Grelli sehr laut und unangenehm werden. Volpe ruft Grelli über sein Mobiltelefon an und bestellt ihn nach Belvedere. Er weiß, dass es länger dauern wird, bis Grelli und sein Team eintreffen werden. So schließt er die Haustür ab und fährt zurück nach Montefalco in seine Wohnung.

Kapitel 5

Volpe schwitzt, obwohl die Temperaturen heute die angenehmen fünfundzwanzig Grad nicht überschreiten. Er hat die letzten zwei Jahre etwas an Gewicht zugelegt. Wie das so schnell passieren konnte, ist ihm schleierhaft. Liegt es am Alter? Mit siebenundvierzig geht es nun langsam aber sicher auf die Fünfzig zu. Zum Frühstück trinkt er gewöhnlich zwei Tassen Espresso und isst dazu nur ein Cornetto con Crema. In der Mittagspause gönnt er sich immer öfters eine Pizza, seit dem eine kleine Pizzeria direkt gegenüber dem Polizeipräsidium in Perugia eröffnet wurde. Die Pizzeria Giorgio versorgt nicht nur die Angestellten des Polizeipräsidiums, auch die Universität ist nicht weit entfernt. Der junge Pizzaiolo bietet täglich wechselnde Pizzavarianten zu einem fairen Preis für die Studenten. Volpe liebt die Pizza ‚Rustico' mit Salami, Gorgonzola, frischen Kirschtomaten, Auberginen und Zucchini.

Auch seit seiner Scheidung ist der Appetit gewachsen. Erst mit vierzig Jahren heiratete er seine Giulia. Extra für sie stürzte er sich in Schulden für

seinen neuen Alfa Romeo Giulietta. Eine Giulietta
für seine Giulia. Mit einem großen Strauß gelber
Lilien überraschte er sie in dem flotten weißen
Sportwagen mit Panoramadach und lud sie auf
eine Reise in den Süden an die Amalfiküste ein.
Nach drei Jahren verließ Giulia ihren Antonio.
Plötzlich gefiel ihr das Leben in dem gemeinsamen großen Appartement, einem Neubau mit
großer Terrasse, nicht mehr. Plötzlich waren ihr
die Ausflüge mit der Giulietta an den Wochenenden zum Lago Trasimeno, verbunden mit den
schönen romantischen Bootstouren in lauschige
Schilfbuchten, fernab von Touristen, oder die Tou-
ren zur Isola Maggiore, der verträumten kleinen
Insel mit Steineichen, Oliven, Feigenbäumen, ro-
manischen Backsteinkirchen, jahrhundertalten
Windmühlen und einer Flaniermeile, nicht mehr
aufregend genug. Fisch mochte sie noch nie essen,
den Freund und Hafenmeister fand sie plötzlich
zu primitiv. Und überhaupt, das Leben mit Antonio stellte sich die ehemalige Verkäuferin hinter
der Käsetheke im Supermercato doch irgendwie
anders vor. Ausgerechnet in einen Strumpfver-
käufer auf dem Wochenmarkt in Montefalco ver-
liebte sie sich. Sie überredete ihren neuen Liebha-

ber, doch in Verona auf dem Markt an der Piazza delle Erbe Fuß zu fassen, weil sie von ihrem Onkel erfuhr, dass er in den Ruhestand ginge und seinen Marktstand aufgeben und einen Nachfolger suchen würde. Das Angebot sei eine Goldgrube, so eine Möglichkeit bekäme man nur einmal im Leben. Nun verweilt Giulia im Nordosten Italiens, im Weinanbaugebiet Valpolicella, und kann das hart verdiente Geld ihres Strumpfhosen- und Sockenverkäufers in den sündhaft teuren Nobelboutiquen in der mit Marmor gepflasterten Via Mazzini großzügig verteilen. Volpe empfindet fast schon Mitleid mit diesem Mann.

Die Uhr im Campanile schlägt ein Mal. Um halb zwei ist Volpe mit Francesco Lupi, dem jungen Polizisten, der ihn von der Notrufzentrale aus anrief, verabredet. In dieser Polizeistation in Montefalco arbeitete Antonio Volpe seit seiner Ausbildung zum Polizeibeamten, bevor er vor über sechs Jahren in das Polizeipräsidium nach Perugia wechselte. Auch aus Liebe zu Giulia kämpfte er um den neu zu besetzenden Posten zum Hauptkommissar. Bevor er in seine beige Hose und in sein frisch gebügeltes weißes Hemd schlüpft, duscht er sich, wäscht sich seine vollen schwarzen

Haare, begutachtet beim Rasieren im Spiegel kritisch die ersten grauen Haare, und geht die paar wenigen hundert Meter zu Fuß zu seinem alt vertrauten Arbeitsplatz ‚Polizia Locale di Montefalco'.

„Si si Mariangela, va bene, a più tardi, bis später, ciao, ti amo, ciao ciao", Francesco legt den Telefonhörer verlegen auf, als er den Commissario in sein kleines Büro hereintreten sieht.

„Salve Signor Lupi! Wie geht es Ihrer Frau, alles gut?"

„Grazie Commissario, tutto bene. Ihre Mutter ist bei ihr. Wissen Sie, Frauen und Schwangerschaft. Also, wenn ich ehrlich bin, ich kann mich noch nicht an den Gedanken gewöhnen, Vater zu werden."

„Sie sind im besten Alter, Francesco, Sie werden sehen, Sie wachsen in die Aufgaben hinein und Sie werden ein wunderbarer Vater werden. Wann ist es denn soweit?"

„Der Arzt vermutet in zwei oder drei Wochen. Aber erzählen Sie, gibt es tatsächlich eine Leiche? Wer ist es?"

Der Commissario holt sich eine Flasche Wasser aus dem Kühlschrank, nimmt ein Glas aus dem

Hängeschrank und setzt sich an den Schreibtisch. „Der Name der Toten ist Amalia Conti, sie ist ihrem Aussehen nach aber keine Italienerin. Sie besitzt ein kleines Terracielo in Belvedere, welches sie an Gäste…."

Francesco unterbricht ihn. „Diese Conti kenne ich. Das ist doch die Immobilienhändlerin aus den Niederlanden."

„Aus den Niederlanden? Sind Sie sicher?"

„Aber ja, sie hatte eine Autopanne auf der Strada del Sagrantino, kurz vor Bevagna. Ich fuhr zufällig vorbei und brachte sie zur nächsten Autowerkstatt, damit sie ihren Wagen abschleppen lassen kann. Eine hübsche zarte Frau und sehr freundlich und charmant! Ich kann es kaum glauben, dass sie tot ist. Wer könnte denn etwas gegen so eine tolle Frau haben? Es war doch Mord, oder?"

Volpes Mobiltelefon klingelt. Es ist Grelli, der Chef der Spurensicherung. Er brüllt ins Telefon, wo er und sein Poliziotto denn bleiben, er steht schon eine Viertelstunde mit seinem Team in Belvedere vor der Haustür.

Kapitel 6

In der Gasse am 'Casa Belvedere' drängen sich viele Menschen. Grelli und sein Team in ihren weißen Overalls verursachten große Neugier bei den Einwohnern. Einige riefen sogar ihre Freunde oder Verwandte aus den Nachbarorten an. Ein junger Mitarbeiter Grellis verplapperte sich zudem und erzählte von der Frauenleiche in der Ferienwohnung.

Die Menschen reden, stellen Fragen und spekulieren, was passiert sein könnte. Wer ist die Frau in der Wohnung, ist sie eine Touristin? Verbrachte sie alleine ihren Urlaub? Wie kann man als Frau nur alleine reisen. Es gibt wieder mehr Einbrecher in der Region. Vor allem die Typen aus dem Osten reisen hier durch. Mit denen ist nicht zu spaßen, die sind bewaffnet und knallhart. Die ballern einen schneller ab als die Camorra. Erst vor zwei Wochen gab es einen Tankstellenraub in Bevagna. Einfach mit der Waffe zur Kassiererin gestürmt, Geld gefordert, und weg war der weiße Ford Transit mit dem polnischen Kennzeichen. Oder war es Tschechien? Egal, es waren welche aus dem Osten, garantiert. Vielleicht ist die Tote die Eigentümerin des Hauses, diese Immobilienhändlerin? Wie heißt sie nochmals? Monti? Nein Conti, richtig. Signora Conti. Man diskutiert mit Händen und Füßen, man raucht Zigaretten, es wird auch gelacht, und eine ältere Signora in einer mit Mehl verstaubten Schürze ist am Weinen und schlägt ein Kreuz.

Eine weitere Signora bringt zwei Körbe, gefüllt mit Wasserflaschen, Orangensaft und Wein. Eine andere schleppt ein Tablett mit Pecorino, Salamischeiben, Panini, Pizzette Proscuitto, Minicalzone, gefüllt mit Spinaci und Ricotta, aus der Panetteria Antico in Bevagna sowie eine Schüssel Tomaten, frisch gepflückt aus ihrem Garten. Es wird ein langer Tag werden, man möchte nichts verpassen.

Volpe nimmt sich gelassen eine Minicalzone vom Tablett und bittet freundlich die Menschen, ihn durchzulassen. Der Poliziotto Lupi stapft hinter seinem Chef her.

Mit hochrotem Kopf tobt Grelli. „Wie können Sie nur so höflich mit diesen Leuten sein, Commissario? Das ist hier kein Straßenfest! Die zertrampeln mir ..."

„… alle Spuren, ich weiß Signor Grelli. Lasst uns in die Wohnung gehen. Francesco, Sie bleiben bitte hier und nehmen die Namen der Einwohner Belvederes auf und fragen, was sie von Amalia Conti wissen, wann man sie zuletzt gesehen hat und ob heute Früh oder gestern Abend etwas aufgefallen ist, ob Fremde im Ort waren und so weiter."

Er schließt die Eingangstür auf. „Und wenn Sie fertig sind, bringen Sie mir doch bitte eine Pizzetta mit."

Grelli hat sich inzwischen beruhigt. Er gibt seinen Kriminaltechnikern die Anweisungen, wer welche Aufgaben übernimmt und macht dabei sogar ein paar Scherze. Die Arbeit neben einer blutigen Leiche ist kein großes Vergnügen. Das weiß auch Grelli nach den vielen Jahren seiner Dienstzeit. Seine Mitarbeiter schätzen den kleinen älteren Mann mit Schnauzbart trotz seiner bisweilen cholerischen Art sehr. Manchmal wird er deshalb etwas belächelt, aber sie wissen, Grelli steht hinter ihnen und sorgt mit seiner humorvollen Art stets für eine gute und faire Zusammenarbeit.

In den beiden oberen Etagen bepinseln bereits zwei Techniker akribisch alle Möbelstücke wie

Tische, Kommoden, Schränke, Schubladengriffe sowie sämtliche Gegenstände mit einem speziellen Kontrastpulver. Grelli untersucht zusammen mit einem weiteren Mitarbeiter und einer Auszubildenden zur Kriminaltechnikerin das Wohnzimmer und die Leiche.

„War es ein Unfall, Signor Grelli?"

„Das kann ich nicht beurteilen, Commissario", antwortet Grelli. „Ich bin kein Arzt, aber der Konsistenz des geronnenen Blutes am Boden nach war der Todeszeitpunkt erst heute Morgen. Ich vermute, sie ist durch Genickbruch gestorben. Hier sehen Sie, an ihren beiden Oberarmen sind Druckstellen. Da könnte jemand in der Wohnung gewesen sein und sie fest gepackt haben. Sie kann sich aber auch irgendwo gestoßen haben. Wie gesagt, ich bin kein Arzt, wir werden sie zur Gerichtsmedizin bringen."

Ohne eine Antwort abzuwarten, wendet sich Grelli wieder väterlich an seine Auszubildende und zeigt ihr die verschiedenen Pulverarten, wie das Rußpulver, und erklärt, welches für die entsprechenden Materialien zur Sicherung von Fingerabdrücken geeignet ist.

Ein Techniker steigt die Holztreppen herunter und überreicht dem Commissario, in Plastiktüten sorgfältig verpackt, eine Handtasche, ein Mobiltelefon und einen Laptop. „Diese Gegenstände fanden wir im Schlafzimmer der Toten. Sie können leider noch nicht nach oben gehen, wir brauchen mindestens noch sechs Stunden, bis wir hier fertig sind."

Francesco Lupi betritt kauend den Tatort und hält in seiner Hand eine Papiertüte, gefüllt mit Pizzastückchen. „Sie kommen gerade richtig", freut sich Volpe, nimmt ihm die Papiertüte ab und greift nach einer Pizzetta, die inzwischen kalt geworden ist.

Francesco sieht sich kurz um. Die junge Frau auf dem Boden ist tatsächlich die nette Signora Conti. Wie lange ist das mit der Autopanne her, überlegt er. Vielleicht zwei Monate, es war auf jeden Fall irgendwann im Sommer. Er beobachtet, wie Grelli am Boden kniet, in einem Koffer nach Pinseln kramt und einer jungen Frau die Beschaffenheit und Wirksamkeit der verschiedenen Pinselarten, wie Marabupinsel oder Fiberglaspinsel, erklärt. Die junge, noch etwas schüchterne Auszubildende hört höflich zu. Sie scheint diese Theorien bereits zu kennen.

„Wir können gehen, Francesco", bemerkt Volpe, „hier gibt es nichts mehr für uns zu tun. Die Spurensicherung kümmert sich um die Überführung der Leiche in die Gerichtsmedizin."

Auf der Gasse vor dem 'Casa Belvedere' befindet sich keine Menschenseele mehr. Als Volpe und Lupi am Parkplatz ankommen, sehen sie ein paar wenige Leute in einer der kleinen Gartenparzellen unterhalb der Häuserreihen aus Natursteinen und den mit Blumen geschmückten Balkonen sitzen. Sie trinken Wein, plaudern und lachen. Der erste Schreck scheint überwunden zu sein.

„Haben Sie noch etwas von den Bewohnern hier im Dorf herausbekommen?"

„Die Leute waren sehr wortkarg. Angeblich kannte man Signora Conti nur flüchtig. Nur eine Frau sagte aus, Conti sei verheiratet, aber der Mann war nur zum Renovieren des Hauses hier. Er ist Maurer von Beruf. Das war etwa vor einem Jahr. Vielleicht sind die beiden auch schon geschieden, meinte die Frau. Signora Conti war in der letzten Zeit immer alleine hier in Belvedere."

„Gut Francesco, wir sehen uns am Montag in der Polizeistation in Montefalco. Nehmen Sie die Sachen der Signora Conti mit und überprüfen Sie Montag früh als Erstes die Daten auf dem Laptop und auf dem Mobiltelefon."

Kapitel 7

Luciano, der Stammgast, sitzt vor der Bar Porta Agostino an einem Bistrotisch, genießt seinen ersten Espresso mit einer Zigarre und liest in der ,Corriere dell' Umbria' die aktuellen Ereignisse. Mauro Felice verwöhnt seine Gäste mit Espresso, Cappuccino, Latte Macchiato, Cornetti con Crema, Erdbeertörtchen, Schokotörtchen, Tiramisu oder Tramezzini.

Drei deutsche Ehepaare im Alter um die Vierzig, mit Ferngläsern um den Hals und mit wasserdichten synthetischen Trekkingschuhen bis zu den Knöcheln hinauf ausgestattet, sitzen an dem eckigen Tisch mit geschwungenen schwarzen Eisenfüßen und einer Marmorplatte. Darauf ausgebreitet liegt eine Wanderkarte, Maßstab eins zu fünfzigtausend. Geplant ist eine Tour im ,Monti Martani', einem Kalksteingebirge mit bewaldeten Gipfeln, wo man auf Eichen, Aleppo-Kiefern und der Wilden Pistazie trifft. Mit Glück erspäht man den Bussard, den Sperber, den Grünspecht, den Eisvogel oder gar eine schwarz-blau gefiederte

Blaumerle. Nicht selten sammeln die Wanderer dünne weiß und schwarz gebänderte Stäbchen, die Stacheln eines Porcospino, dem Stachelschwein, welches nachts schnaubend und grunzend durch die Wälder und Wiesen zieht, um nach saftigen Wurzelknollen, Früchten oder Insekten zu suchen. Die Trekking-Gruppe entscheidet sich für den Rundweg zur ,Grotta delle Streghe'.

Mauro erklärt den wanderbegeisterten Touristen anhand der Karte den Fahrweg zum Parkplatz oberhalb des hübschen Bergdorfes Giano dell' Umbria, den Einstieg des ausgeschilderten Rundwanderwegs. Mauro bietet zudem an, einen Tisch in einem Lokal zu reservieren, welches sich ganz oben am Gipfel befindet und eine atemberaubende Aussicht bis hinüber zum Apennin bietet.

Dieses Ristorante, schlicht eingerichtet mit sandfarbenem Natursteinboden und eingemauerten Granitfelsen in den Wänden, bietet die typisch umbrische Küche, wie Wildschweinspieße, Lammkoteletts oder die dicken Bratwürste, die Salsicce, scharf oder nicht so scharf gewürzt. All diese Spezialitäten bereitet man dort auf einem gigantisch großen eingemauerten Kamingrill zu. Als Vorspeise empfiehlt Mauro seinen Gästen die

‚Strangozzi ai funghi porcini e tartufo'. Das Lokal liegt mitten in einem Trüffelgebiet, diesen Tartufo erhält man somit ganz frisch zubereitet.

Ein paar einheimische männliche Gäste aus Montefalco stehen an der Theke bei Mauro und genießen nach dem Espresso ein Glas Sagrantino. Deren Ehefrauen bereiten mit ihren Müttern das Mittagessen vor. Auch in Umbrien greifen immer mehr junge Familien zu Fertiggerichten, aber am Sonntag kommen die Omas und Tanten und helfen den Töchtern beim Kochen und Backen für das große Familientreffen.

Die Männer an der Theke diskutieren über den erschütternden Fund der hübschen toten Holländerin. Es gab noch nie einen Mord in dieser Region. Amalia Conti war schon eine Frau, die wusste, was sie will. Hatte sie einen Liebhaber und der eifersüchtige Ehemann kam hinzu und tötete sie? Oder hatte der Liebhaber eine eifersüchtige Frau, die die beiden in flagranti ertappte und sich jetzt rächte? Oder gab es gar Streit mit einem Kunden oder mit einem Immobilienhändler? Diese Händler sind wie Windhunde. Jedes noch so zerfallene Rustico verkaufen sie zu horrenden Preisen an verrückte Deutsche oder Engländer, neuerdings sogar an neureiche Russen oder Chinesen.

Die Espressomaschine zischt und schäumt die Milch in einem Kännchen auf, welches Mauro in der Hand hält, während er den deutschen Ehepaaren, die sich nun auf den Weg zur Wanderung machen, ein herzliches „Ciao, grazie, ciao, buona giornata!" mit einem Lächeln zuruft.

Nun widmet sich Mauro Felice seinen Stammgästen, die ihn an der Theke mit Fragen umzingeln und hebt seine Schultern. „Ich weiß nicht, was Amalia, also Amalia Conti zugestoßen ist. Es könnte auch ein Unfall gewesen sein". Dabei zittert er leicht mit seiner Unterlippe.

„Buongiorno Signori!"

Antonio Volpe betritt selbstsicher die Bar und bestellt einen Espresso und zwei belegte Panini Prosciutto zum Mitnehmen.

„Buongiorno Commissario", erwidert Mauro, und einer der Männer, der soeben ein zweites Glas Sagrantino bestellt, fragt ihn: „Sind Sie dienstlich oder privat hier? Trinken Sie doch ein Glas Sagrantino mit uns."

Volpe lehnt dankend ab, versucht jedoch, Kontakt zu dieser plaudernden Männerrunde zu halten. Man redet über Fußball, das Angeln, die Touristen und über das regionale Theaterfestival, welches oben an der Piazza vorbereitet wird. Ein Vater erzählt stolz, dass sogar seine Tochter bei diesem Festival mitwirken wird. Sie engagiert sich seit kurzem in der Schultheatergruppe.

Auf Volpes Frage, ob man Amalia Conti kannte, vernimmt er schlagartig ein Verstummen der eben noch geselligen Herren. So kennt er die Menschen hier vom Lande. Viel erzählen und palavern, die Pettegolezzi, jeden Tratsch und Klatsch verbreiten, aber wenn er als Commissario um eine Auskunft bittet, halten sie sich allesamt bedeckt. Er schlürft aus seiner Tasse den letzten Rest Espresso, zahlt, schnappt seine Tüte mit den belegten Brötchen und tritt vor die Tür der Bar.

Der ältere Stammgast grinst Volpe an und winkt ihn zu sich an seinem Tisch. Der ehemalige Lehrer Luciano Gabrieli unterrichtete früher in der Grundschule und kennt Antonio schon von klein an.

„Antonio", flüstert er ihm zu. „Du solltest dir Mauro nochmals zur Brust nehmen. Dieser Kerl hatte es immer sehr eilig, Amalia zum Frühstück Brötchen zu bringen, wenn sie ein paar Tage hier in ihrer Ferienwohnung verbrachte. Mauro war oft über eine Stunde weg", dabei zwinkert Luciano mit einem Auge.

Volpe versteht. „War er gestern früh auch in Belvedere, Maestro Gabrieli?"

„Ich nehme es an, ja", antwortet Luciano.

„Um wie viel Uhr verließ Mauro die Bar? Und wie lange war er unterwegs?"

„Allora, gestern war er nicht sehr lange weg. Ich schätze, so zwischen halb neun und neun Uhr. Ich bediente nur vier Gäste in dieser Zeit."

Kapitel 8

Der Yamaha-Motor schnurrt gleichmäßig und sanft wie ein Kätzchen. Ein paar wenige Wolken spiegeln sich im türkisfarbenen Wasser. Die Fähre hat gerade von der Insel Maggiore abgelegt und bringt die Gäste wieder zum ein Kilometer entfernten Festland zurück. Ein paar Jugendliche vergnügen sich beim Skikefahren auf einer Uferpromenade und nehmen mit ihren Stöcken wie Profilangläufer ordentlich Fahrt auf. Segelboote kreuzen sanft gegen den Wind. Passignano, der Ort auf dem Felsen mit der Ruine La Rocca, thront in einer immerwährenden Ruhe in der Nachmittagssonne. Auch Antonio Volpe lenkt sein Boot mit einer inneren Gelassenheit über den Lago Trasimeno.

Normalerweise hätte er nach dem gestrigen Vorfall in seinem Büro sitzen und mit seinen Ermittlungen beginnen müssen. Auch hätte er seinen Mitarbeiter Francesco Lupi anweisen müssen, am Wochenende das Mobiltelefon und das Laptop von Amalia Conti zu durchforsten, die Namen der Bewohner im Dorf Belvedere zu überprüfen sowie die Kunden der Immobilienhändlerin Amalia Conti zu kontaktieren. Er selbst hätte sich Mauro gleich vorknöpfen sollen.

Volpe verstand seinen ehemaligen Lehrer, den Maestro Luciano Gabrieli, sofort, als er dessen Augenzwinkern vernahm. Der Maestro war schließlich auch einmal jung. Er führte eine vorbildliche tadellose Ehe und hat zwei Söhne, die in die Schweiz gezogen sind. Seine bereits verstorbene Frau, die er sehr liebte, war Leiterin des Kindergartens in Montefalco. Man erzählt sich jedoch, Gabrieli soll in jungen Jahren ein Verhältnis mit einer rothaarigen Referendarin gehabt haben. Luciano Gabrieli liebt die hübschen Frauen und kann sich gut in die Lage von Mauro versetzen. Trotz einer liebevollen Ehefrau, trotz eines ausgefüllten schönen Lebens, möchte man sich auch gerne einmal anderweitig vergnügen.

Volpe denkt wieder an seine Exfrau Giulia, an ihre weichen gepflegten Hände, die ihm die feinsten neuen Käsesorten zum Probieren über die Theke reichten. Sie fielen ihm als Erstes auf. Er sieht vor seinen Augen noch ihre Hände und ihre stets frisch lackierten Fingernägel in nicht zu aufdringlichem Weiß oder Rosa, ihre zarten schmalen

Lippen, ihr dezentes Make-up, ihren modischen Kurzhaarschnitt und ihr Lächeln, ihr herzliches Lächeln. Jeden Samstagmorgen um acht Uhr stand er bei ihr an der Theke, auch wenn sich noch genügend Vorrat an Pecorino, Gorgonzola sowie Formaggio di Capra in seinem Kühlschrank stapelte.

Eines Tages fragte sie ihn mit ihrem unwiderstehlichen Lächeln, ob er denn alleine wohne, weil seine Bestellmengen immer recht klein seien. Daraufhin lud er sie spontan zum Abendessen ein, ohne auch nur zu fragen, ob diese bezaubernde junge Frau verheiratet sei oder einen Freund habe.

Er schämte sich maßlos. Wie konnte ausgerechnet ihm, der mit seinen Befragungen von Zeugen und Straftätern stets behutsam vorgeht, das passieren. Er schwor sich, er würde nie wieder diesen Supermercato betreten. „Si volentieri! Ja gerne! Übrigens, ich heiße Giulia", vernahm er plötzlich, als er so in Gedanken an der Theke stand. Sie sagte tatsächlich zu! Es war der glücklichste Tag seines Lebens.

Es ist vorbei, wieder ist ein Lebensabschnitt vorüber. Das Leben verändert sich. Ist die Trennung überwunden? Er weiß es nicht.

Noch einmal überlegt er, ob es richtig ist, die Zeit auf dem Boot zu verbringen, wo es doch dringend einen Mordfall aufzuklären gibt. Mit Hast und Eile, so stellt er zu seiner Rechtfertigung fest, ist noch nie ein schnelles Ergebnis zustande gekommen. So hatte er früher seine Fälle bearbeitet, ohne Wochenenden, ohne Pausen, wenigem Essen und Trinken, außer einem Espresso nach dem anderen. In der Gerichtsmedizin wird heute sowieso nicht gearbeitet. Der Bericht der Spurensicherung wird auch erst morgen Abend eintreffen. Francescos Frau ist hochschwanger, und schließlich ist ein neugeborener gesunder Erdenbürger wichtiger als eine Leiche. Francesco soll seine Frau verwöhnen und ihr beistehen und einen schönen Sonntag mit der Familie verbringen. Außerdem ist es noch gar nicht sicher, ob es sich im Fall Amalia Conti nicht doch nur um einen Unfall handelt. Er fährt zurück zum Hafen Castiglione del Lago, vertäut sein Boot, deckt die Persenning darüber, setzt sich zum Sonnenuntergang an eine überdachte Bar direkt am Ufer und trinkt in Zufriedenheit ein Glas Sagrantino. *La serenità è la vera forza della vita* - Die Gelassenheit ist die wahre Kraft des Lebens.

Montag, 13. September
Kapitel 9

Antonio Volpe betritt am frühen Morgen die Polizeistation in Montefalco. Anna Morena, die Sachbearbeiterin, sitzt am Empfang und bearbeitet die am Wochenende eingegangenen Protokolle von Auffahrunfällen oder Diebstahlanzeigen. Francesco Lupi überprüft bereits Amalia Contis Laptop und sichtet die ersten Dateien.

Volpe begibt sich erstmals in die Küche. An den Wänden hängen verblichene ältere Fotos in verstaubten Glasrahmen. Er entdeckt darauf Polizisten in ihren alten Uniformen aus den Achtzigern, die die edlen Schulterholster aus weißem Leder tragen. Ein weiteres Foto zeigt seinen ehemaligen Chef Roberto, der neben einer Moto Guzzi in der typisch hellblauen Farbe der Polizeifahrzeuge steht. Volpe bereitet sich einen Espresso an der alt vertrauten Siebträgermaschine zu, die zwar nicht mit der Maschine in Mauros Bar Porta Agostino mithalten kann, aber seinem Geschmack nach dem Espresso immer noch ein besseres Aroma verleiht als der neue Kaffee-Vollautomat mit blinkender Digitalanzeige im Polizeipräsidium in Perugia.

Erinnerungen werden wach. Fast zwanzig Jahre verbrachte er in diesen Gemäuern. Sein erster trauriger Fall war ein verschwundenes Schulmädchen, etwa im Alter von acht Jahren. Er konnte damals als junger Polizist nächtelang nicht schlafen. Die weinende verzweifelte Mutter, die täglich in die Polizeistation kam und ihn bat, doch alles zu tun, um ihr Kind wieder zurück zu bringen. Sie war geschieden, ihr Exmann war schon seit längeren Jahren spurlos verschwunden. Vielleicht ist er damals nochmals aufgetaucht und entführte das Mädchen. Vielleicht ist diesem Kind auch irgendetwas anderes Schreckliches widerfahren. Der Fall wurde nie aufgeklärt.

Commissario Volpe setzt sich neben Francesco Lupi an den Tisch, stellt seine Tasse ab, holt das noch warme Cornetto con Crema aus einer Tüte, welches er in einer Panetteria auf seinem Weg kaufte, und beißt hinein. Die Vanillecreme klebt an seinen Händen.

„Was haben Sie bis jetzt gefunden?"

„Nichts Auffälliges bis jetzt. Viele Fotos und Beschreibungen von Landgütern und Häusern. Hier sehen Sie ihre Firmen-Website: ‚A. S. Conti Immobiliari Umbria' mit Sitz in Perugia. Amalia Conti hatte tatsächlich ein eigenes Immobilienunternehmen."

„Öffnen Sie doch bitte den Terminkalender. Was ist dort eingetragen?"

„Aktuell steht hier nur ein Termin: Bergmann, Belvedere, Montag, heutiges Datum, vierzehn Uhr."

„Sehr gut, das wäre ein erster Hinweis. Francesco, Sie fahren heute Nachmittag um Punkt vierzehn Uhr nach Belvedere und fangen diesen Bergmann ab, sobald er vor dem Ferienhaus 'Casa Belvedere' erscheint. Ich werde jetzt in die Bar Porta Agostino zu Mauro Felice gehen. Recherchieren Sie bitte weiter. Auch auf dem Mobiltelefon. Signora Conti soll verheiratet sein, eventuell ist sie auch geschieden. Ich nehme an, der Mann oder Exmann wohnt in Perugia. Suchen Sie diesen Conti."

Kapitel 10

Mauro verschließt die Eingangstür seiner Bar, schenkt sich einen Ramazzotti ein und nimmt einen kräftigen Schluck. Dann nimmt er sich eine Zigarette aus dem Päckchen und zündet diese an. Erst jetzt begibt er sich zum Commissario, der an einem Bistrotisch sitzt und wartet.

„Wie geht es Ihrer Frau?", beginnt Volpe das Gespräch.

„Ihr geht es sehr schlecht. Ich habe bei allen Besitzern der Ferienwohnungen angerufen und Loretta für die nächsten Wochen entschuldigt. Ich möchte nicht, dass sie in diesem Zustand arbeitet."

„Das ist sehr vernünftig von Ihnen. Grüßen Sie Loretta von mir. Ich hätte noch ein paar Fragen. Es wurde mir zugetragen, Sie hätten Signora Conti an den Tagen, als sie in Belvedere wohnte, jeden Morgen Gebäck vorbeigebracht. Ist das richtig?"

„Ich sagte doch, ich sah sie ungefähr vor einem Jahr das letzte Mal."

„Luciano Gabrieli versicherte mir, Sie waren am Samstagmorgen gegen halb neun Uhr unterwegs. Er bediente in dieser Zeit Ihre Gäste."

„Ah Luciano, dieser Chiacchierone, dieser Schwätzer. Er ist ein lieber Mensch, aber Sie wissen, was er für ein Charmeur und Frauenheld war. Er soll nicht immer von sich auf andere schließen."

„Waren Sie denn nun am Samstag in Belvedere?"

„Nein!"

„Wo waren Sie zwischen halb neun und neun Uhr?"

„Ich besorgte im Supermercato Getränke und Kaffee für meine Bar. Hören Sie, ich habe mit der Conti nichts zu tun. Fragen Sie doch Rosanna Baldelli, die Besitzerin der Cantina in Collevecchio. Soweit ich weiß, waren die beiden Damen befreundet."

„Rosanna Baldelli? Nun, ich kann mit ihr reden. Und ob Sie tatsächlich einkaufen waren, werden wir überprüfen."

***

Volpe schreitet die Corsa Mameli hoch und überquert die Piazza del Commune. Von hier aus führt sein Weg bergab, vorbei am Museum San Francesco, einem Kunstmuseum in einer ehemaligen Kirche. Davor tummeln sich Jugendliche einer Schulklasse mit Smartphones, einem Eis oder einer Dose Cola in den Händen und warten auf den Eintritt. Die Polizeistation befindet sich ein paar Meter unterhalb des Museums in der Via Ringheria Umbra.

Volpes Gedanken sind bei Rosanna Baldelli. Er kennt sie seit seiner Kindheit. Sie besuchten gemeinsam die Grundschule und später das Gymnasium. Rosanna war ein außergewöhnliches und aufgeschlossenes Mädchen und lernte mit großer Begeisterung und Schnelligkeit in der Schule. Sie stand nie unter dem Leistungsdruck ihrer Eltern und wollte schon als kleines Mädchen Ärztin oder Tierärztin werden, vielleicht eine Zeitlang in Afrika leben und Kinder in einer Klinik betreuen. Er hingegen kämpfte sich durchs Gymnasium, brach mit siebzehn vorzeitig ab und absolvierte die Polizeischule, das ‚Istituto per Sovrintendenti di Spoleto‘. Erst auf einem zweiten Bildungsweg holte er das Abitur nach und drückte nochmals die Schulbank in der ‚Scuola Superiore di Polizia‘ zur Ausbildung zum Commissario.

Kapitel 11

La Strada del Sagrantino ist eine Route inmitten einer bezaubernden sanften Landschaft. Sie führt vorbei an den historischen Ortschaften Montefalco, Bevagna, Gualdo Cattaneo, Giano dell'Umbria sowie Castel Ritaldi und lädt zu einem Aufenthalt an Weingütern, Kunsthandwerkstätten oder Ölmühlen ein.

Soweit das Auge reicht, ziehen sich Reihen von Weinstöcken die Hügel hinauf bis zum Horizont, oft umgeben von kleinen Waldflächen, Pinien und Steineichen. Zu den typisch weißen Rebsorten Umbriens zählen der Trebbiano und der Grecchetto. Unter den roten Sorten sind der Sangiovese und der berühmte Sagrantino am stärksten vertreten. Die einheimische Rebsorte Sagrantino soll schon zu Römerzeiten angebaut worden sein. Anfang der Neunzigerjahre erhielt der tiefrote kräftige Rotwein mit dem Brombeer-Bouquet die höchste Qualitätsauszeichnung DOCG *denominazione d'origini controllutu e garantia*. Der Wein reift insgesamt drei Jahre, davon die letzten zwei Jahre in einem Eichen-Holzfass.

Die Vendemmia, die Weinlese, der alljährliche Höhepunkt der Winzer, hat vor ein paar Tagen begonnen. In den Reihen der Weinstöcke tummeln sich die Arbeiter, die sorgsam die Weinreben schneiden und die Trauben in Kisten sammeln.

Unter den fleißigen Helfern findet man Verwandte, Freunde, Jugendliche, die ein Taschengeld verdienen möchten, Saisonarbeiter aus anderen Regionen und Ländern oder sogar Feriengäste. Ein Arbeiter fährt mit einem schmalen Raupentraktor durch die Reihen, nimmt die Körbe auf und schüttet die kostbaren roten Trauben auf den Anhänger. Hunde springen zwischen den fleißigen Weinlesern umher, die ersten Stechmücken plagen, die Morgenluft ist kühl, gegen Mittag ist es fast zu warm und der Himmel strahlt azurblau. Die Winzer sind mit der reichen Ernte in diesem Jahr sehr zufrieden.

Rosanna Baldelli erntet ihre Reben traditionell in Handarbeit. Industrielle Weinlesemaschinen, wie sie mittlerweile in fast allen großen Weingütern zum Einsatz kommen, lehnt sie strikt ab. Diese riesigen, laut ratternden Ungeheuer, die die Trauben radikal und lieblos von den Rebstöcken rütteln und automatisch sortieren, kämen für sie niemals in Frage, erklärt sie ihren deutschen Gästen. Dabei steht sie, gekleidet mit einer schwarzen langen Trainingshose, einem roten Shirt und einer schwarzen dünnen Strickjacke darüber, in ihrer Cantina an einem grünen Kunststoff-Bottich und verrührt mit einem langstieligen Holzpaddel die Maische des frisch gekelterten Sagrantino-Traubensafts. Sie verweist mit Stolz auf die wertvollen Inhaltstoffe der Schalen, bestehend aus Tanninen, den Gerbstoffen, sowie auf den ausschließlich in der Rebe Sagrantino sehr reichlichen Gehalt an Polyphenolen, dessen bioaktiven Substanzen man entzündungshemmende Wirkstoffe zuschreibt. Zudem geben die Schalen die dunkelrote Farbe ab. Um Bakterienbildung an der Oberfläche zu vermeiden, wird die Maische täglich umgerührt.

Die Besucher betrachten fasziniert die deckenhohen Weinfässer aus Edelstahl. Rosanna holt ein paar Gläser, dreht einen kleinen Hahn, der sich unten am Fass befindet, auf, füllt die Gläser mit einem zwei Jahre gereiften Sangiovese und reicht sie ihren vier Gästen. Der zweitberühmte Wein Umbriens, der ‚Montefalco Rosso‘, ist ein Couvée aus den Reben Sangiovese und einem kleinen Teil Sagrantino, erklärt sie weiter.

„Wirklich sehr köstlich", stellt Karin Sassner fest und steigt staksig mit ihren grünen High Heels über die auf dem ganzen Boden verteilten dicken schwarzen Schläuche, durch die der wertvolle Rebensaft in die Fässer gepumpt wird. In ihrem apfelgrünen Kleid mit blauem Pflaumenmuster und ihren dünnen Beinen, die erstaunlicherweise ihre füllige Figur noch tragen, wirkt sie wie ein mächtiger bunter Paradiesvogel, der sich durch ein Sumpfgebiet kämpft. Der Vortrag über die Herstellung des Weines scheint sie nicht besonders zu interessieren.

„Köstlich köstlich der Wein, Madame Baldelli, köstlich", zwitschert sie nochmals.

Ihr Mann Frank, ein großer kräftiger Mann, nimmt einen Schluck, schwenkt anschließend das Glas, wie er es von den Sommeliers im Fernsehen kennt, und nickt zustimmend. Seine Glatze glänzt unter den Neonleuchten des Weinkellers.

Hinter seinem grau melierten Bart wirkt sein Gesichtsausdruck immer etwas ernst. Vielleicht prägte ihn so sein Beruf. Rosanna konnte bei dem Rundgang durch die Cantina erfahren, dass die

Sassners ein Beerdigungsinstitut in Dortmund führen.

Die heruntergezogenen Stirnfalten erwecken den Eindruck, als sei Herr Sassner in Gedanken ganz woanders. Jedoch sagt er Rosanna Baldelli zu, er nehme zwei Kisten des Rotweins gerne mit nach Hause, nach Deutschland, um als Gast nicht ganz so unhöflich zu erscheinen.

Das andere Paar, Beate und Gerald, beide gekleidet mit Jeans, Turnschuhen und Shirts, genießen ihren siebten oder gar achten Aufenthalt in diesem kleinen Paradies. Sie betreten einen weiteren Raum unter den Gewölben der Cantina, bewundern die neuen Eichenfässer mit den Gäraufsätzen aus Glas und stoßen fröhlich mit ihren Weingläsern an. Morgen früh werden sie bei der Vendemmia mitwirken. Vor dem Hallentor der Cantina wechselt Danielo eine Manschettendichtung an der Weinpresse aus. Die Hündin Agata liegt auf den von der Sonne erwärmten Natursteinplatten neben Danielo und wartet geduldig, bis er aufsteht und mit ihr eine kleine Runde spielt. Meist toben die beiden zwischen den Olivenbäumen, bevor Nonna das beste Mittagessen Umbriens in der Küche serviert.

Kapitel 12

Ein zitronengelber Kanarienvogel in einem halbrunden, an einer Hauswand befestigten Käfig, singt unermüdlich, als übe er für seinen Herbstgesang. Ein Hund bellt, zwei Frauen unterhalten sich lauthals auf ihren Balkonen über die neuen Sonderangebote einer Gärtnerei und gießen dabei ihre knallroten Geranien. Volpe öffnet die Fenster der Küche zum Innenhof, die ältere Frau mit dem Kanarienvogel grüßt ihn mit einem Winken. Volpe lächelt sie kurz an. Er begibt sich zum Kühlschrank auf der Suche nach einem Stück Käse oder einem Becher Joghurt. Die Vorräte sind aufgebraucht, und Anna Morena ist noch nicht zum Einkaufen gekommen. Sie tippt am Computer eifrig Protokolle und Berichte ab.

Auf der Küchenzeile entdeckt Volpe eine bereits aufgerissene Packung Baci-Pralinen. Diese Schokobonbons, verpackt in himmelblauem Aluminiumpapier mit dunkelblauen Sternchen, entdeckt man an jeder Theke einer Bar. Volpe erinnert sich an früher, als er mit der Schulklasse die Anfang des letzten Jahrhunderts gegründete Schokoladenfabrik ‚Perugina' in Perugia besichtigte, als sie mit Tüten voller Schokoladenriegel und Pralinen im Bus zurück nach Montefalco fuhren und mit leeren Tüten und Bauchschmerzen zu Hause ankamen. Dem Busfahrer hinterließen die Kinder mit ihren Schokoladenhänden verschmierte Sitze und Armlehnen. Nie wieder würde er eine Schulklasse in eine Schokoladenfabrik fahren, beschwerte sich der Fahrer damals bei der Schuldirektion. Der Lehrer Luciano Gabrieli entschädigte den Fahrer mit einer Flasche Montefalco Rosso und einer großen Schachtel Perugina-Pralinen. Der Fahrer klopfte Gabrieli auf die Schulter, und alles war vergessen. Die Fabrik wurde leider bereits in den Achtzigern von einem großen weltweit bekannten Lebensmittelkonzern aufgekauft.

Volpe nimmt sich aus der Packung zwei Baci, setzt sich im Büro an seinen Computer und druckt zwei Seiten einer Mailnachricht aus. Er wickelt eine Praline aus und liest den Bericht der Spurensicherung. Polizist Francesco Lupi, der am Schreibtisch gegenüber sitzt, wartet gespannt, bis sein Chef berichtet.

"In Amalia Contis Wohnung wurden in einem Mülleimer blaue Keramikscherben gefunden, vermutlich von einer handbemalten Vase aus einer der Keramikwerkstätten in Deruta. Auf den Scherben befinden sich Fingerabdrücke, auf einer auch Blutspuren. Einige Abdrücke können Amalia Conti zugeordnet werden, jedoch nicht die DNA des Blutes. Weiterhin befinden sich Fußabdrücke aus Blut am Boden des Wohnzimmers. Diese Spuren sind aber so winzig, dass nur ein kleiner Teil eines Schuhabdrucks erkennbar ist.

Nicht einmal die Schuhgröße lässt sich feststellen. Zwei runde Messinggriffe einer Schublade der Wäschekommode in Amalia Contis Schlafzimmer wurden auffällig gründlich abgewischt. In der gesamten Wohnung befinden sich viele Fragmente von Fingerspuren. An der Küchenzeile wurden auch Abdrücke von Kinderhänden festgestellt. Jedoch sind diese Abdrücke verwischt oder überlagert. Es dürfte sich hier um ältere Spuren von Feriengästen handeln. An den Türgriffen der Eingangstür wurden jedoch Fingerabdrücke von Loretta Felice festgestellt."

„Das hört sich so an, dass vorher der Mörder die Spuren an der Eingangstür abwischte und Loretta Felice die Erste war, die die Wohnung nach dem Mord betrat", schlussfolgert Francesco Lupi.

„Richtig. Da war Grelli aber tüchtig. Er suchte offensichtlich am Samstagabend noch Loretta auf, um ihre Fingerabdrücke abzunehmen. Was aber war so Wertvolles in der Kommode? Was suchte der Täter, oder besser, was nahm er mit? Francesco, rufen Sie bitte in Perugia an, wann wir mit dem Obduktionsbericht rechnen können. Ich werde mich jetzt im Agriturismo Collevecchio ein wenig umhören."

Kapitel 13

Commissario Volpe steigt aus seinem Alfa Romeo und nimmt einen Duft von gebratenen Zwiebeln, Olivenöl, Gemüsen und geschmortem Fleisch wahr. Er geht an den Ferienwohnungen vorbei und betrachtet ein Ehepaar auf der Terrasse an einem Gartentisch sitzend, der mit frischen Tomaten, Oliven, Gurken, einem Teller mit Pecorino und Prosciutto crudo, Weißbrot, einer Bügelflasche umbrischen Olivenöls sowie einer Flasche Montefalco Rosso gedeckt ist. Drei Katzen schleichen um die Beine der Frau und lassen sich genüsslich streicheln, zwei weitere schlabbern aus einer Untertasse Milch. Volpe grüßt die beiden Feriengäste, die mit einem lächelnden freundlichen „Buongiorno" danken. Auf einer weiteren Terrasse sitzt eine blonde Frau in einem Liegestuhl und liest in einer Zeitschrift. Sie trägt einen auffällig großen grünen Sonnenhut und ein hellgrünes Kleid mit blauem Pflaumenmuster. Am Fußende liegt ein kleiner Hund mit spitzer Nase, überproportional großen Augen und fledermausartigen Ohren und knurrt feige den vorbeigehenden Mann an. Volpe mag keine kleinen Hunde und kennt diese eigenartige Rasse nicht. Er grüßt auch diese Dame, die nur einen kurzen Blick auf ihn wirft und sich anschließend wieder ihrer Modezeitschrift widmet.

Der Bratenduft um seine Nase herum wird stärker, und er muss nicht lange suchen, um die Quelle dieses kulinarischen Genusses zu finden.

„Antonio!", ruft Rosanna freudig, steht vom Küchentisch auf und umarmt ihren ehemaligen Schulkollegen mit zwei Küsschen rechts und links auf die Wangen. „Come stai? Ti accommoda, nimm Platz!"

Am gedeckten Tisch sitzen bereits Nonna und Danielo. „Möchten Sie etwas essen?", fragt Nonna.

Volpe denkt an die zwei Schokoladenpralinen in seinem noch knurrenden Magen und nimmt dankend an. Nonna kocht jeden Sonntag eine große Menge, so dass es für den nächsten Tag für eine weitere Mahlzeit reicht. Sie füllt einen Teller mit Wildschweinragout in Sagrantinosoße, gibt einen großen Schöpflöffel Polenta hinzu und reicht Antonio den Teller. Rosanna nimmt ein Weinglas aus der Vitrine, öffnet eine Flasche Sagrantino, die mit einem schwarzen Etikett mit geschwungenen goldenen Buchstaben versehen ist - ein neues Design seit letztem Jahr - und füllt das Glas für ihren Gast, den sie schon mindestens drei oder vier Jahre nicht mehr sah.

„Antonio, darf ich dir Danielo Fabbri vorstellen? Er ist der Bruder von Stefano, der damals mit dem Motorrad verunglückte. Du wirst dich noch daran erinnern."

„Si si, das tut mir leid, Signor Fabbri. Sie führten die Werkstatt in Spoleto, nicht wahr? Und jetzt arbeiten Sie bei Rosanna. Das freut mich sehr. Ich bin übrigens Commissario Volpe, ein früherer Schulfreund von Rosanna. Wir besuchten gemeinsam das Gymnasium."

Danielo nickt Volpe leicht lächelnd zu und nimmt einen Schluck Wasser. Unter dem Tisch sitzt seine Agata, die er mit der anderen Hand liebevoll streichelt.

Während des Essens unterhält man sich über die alten Zeiten in der Schule, überlegt, wo denn der eine oder andere Schulkollege jetzt wohnt, und ob die Mädchen inzwischen alle Mütter geworden oder ob sie schon wieder geschieden sind. Rosanna erzählt über ihre vielseitige Tätigkeit in der Cantina. Es wird immer schwieriger, Helfer zu finden, die Stundenlöhne werden immer höher, und der Absatz ihres Weines könnte etwas besser sein. Aber sie ist zufrieden mit ihrem Leben. Nach der Studienzeit in Rom schätzt sie ihre Heimat, ihr Umbrien, noch mehr. Ihr Landhaus auf Collevecchio mit den Tieren und den Feriengästen liebt sie besonders. Sie hat es nie bereut, die Arbeit als Ärztin aufgegeben zu haben, um sich dem Weinanbau widmen zu können. Ihre Cantina ist ihre Passion.

Nonna reicht nach dem Essen ihre fantastischen Tozzetti-Mandelkekse. Antonio lehnt es nicht ab, dazu Rosannas süßen Dessertwein ‚Passito Umbria bianco' zu probieren.

„Rosanna, es gibt einen bestimmten Grund, warum ich euch besuche", beginnt Volpe sein Anliegen mit ernster tiefer Stimme.

„Du oder Ihr kanntet doch diese Holländerin Amalia Conti. Sie ist tot, sie wurde ermordet."

Rosanna sieht Antonio betroffen in die Augen, Nonna legt ihren Mandelkeks, in den sie gerade beißen wollte, wieder auf den Teller zurück, Danielo streichelt seine Hündin Agata mit beiden Händen und hört aufmerksam zu.

„O Dio, wie schrecklich! Wer war das? Und wo ist es passiert?" Rosanna ist erschüttert.

„Wir wissen nicht, wer es war. Sie wurde am Samstagvormittag in Belvedere, in ihrem Ferienhaus, tot aufgefunden. Du warst doch mit ihr befreundet?"

„Ja, etwas. Sie kam ab und zu hier vorbei und kaufte gerne ein paar Flaschen Wein, den sie ihren Gästen als Willkommensgruß ins Haus stellte. Auch saßen wir am Abend öfters am Pool und plauderten. Sie war eine äußerst interessante Frau, sehr selbstsicher und fleißig. Die Konkurrenz der Immobilienhändler ist hier in Umbrien enorm, sie wusste sich aber gut durchzusetzen. Sie verkaufte einige Villen und Landgüter, wie sie mir erzählte. Ich bewunderte sehr ihren Ehrgeiz."

„Wann hast du sie das letzte Mal gesehen?"

„Lass mich überlegen, das war Ende Juli. Sie hat sich einige Wochen hier nicht mehr blicken lassen. Ich dachte, sie mache wohl länger Ferien über Ferragosto, dem Feiertag."

Volpe wendet sich an Danielo Fabbri: „Kannten auch Sie Amalia Conti?"

„Ja, ich sah sie immer, wenn sie hier auf Collevecchio war. Aber wer macht denn sowas, und
warum?"

„Und wann haben Sie sie das letzte Mal gesehen?"

„Nun, ich bin mir nicht sicher, wann es genau
war. Aber einmal entdeckte ich sie bei Cesare."

„Cesare? Wer ist Cesare?", fragt Volpe erstaunt
in die Runde.

Kapitel 14

Ein Kätzchen überquert die gepflasterte schattige Gasse und verschwindet in der nächsten. Eine ältere Frau kehrt auf ihrem Balkon die aus Pflanzenschalen heruntergefallenen Blüten auf. Aus einem offenen Fenster ertönt ‚Senza una donna' der Musikgruppe Zucchero. In einem anderen Haus schlagen ein paar Männer mit Hammer und Meißel einen alten Putz ab. Auf der Gasse knattert eine dunkelgrüne Ape dicht an Lupi vorbei. Der Fahrer, ein älterer Mann, grüßt aus der Kabine des Dreirads den Polizisten mit einem Nicken, und hinterlässt eine heftige Abgaswolke, die sich nur langsam in den Gassen verzieht. Francesco Lupi sieht auf die Uhr. Es ist zehn vor zwei. Er läuft die Gasse noch ein Stück weiter hinauf und biegt in die Seitenstraße nach rechts ab, wo das rötliche Kätzchen soeben hineinhuschte. Er bleibt stehen und dreht sich um. Von hier aus hat er einen guten Blick zur Hauptgasse hinunter. Ein Tontopf, bepflanzt mit einem buschigen hohen Oleander bietet ein wenig Sichtschutz. Francesco Lupi zittert leicht. Er greift in das Holster an seinem Gürtel und überprüft, ob er auch seine Neun-Millimeter-Beretta bei sich trägt. Seine Armbanduhr zeigt jetzt eine Minute vor zwei.

Zwischen den lachsfarbenen Oleanderblüten erblickt Francesco einen Mann, der in seine Richtung die Gasse hinauf schreitet. Er trägt einen kamelfarbenen Bogart-Hut aus Filz, einen beigen Blazer und eine dunkelbraune Hose. Seine Augen versteckt er hinter einer Sonnenbrille, was ihn in der schattigen Gasse verdächtig erscheinen lässt. Offensichtlich sucht der Mann nach einem bestimmten Haus. Jetzt bleibt er an einem Natursteinhaus mit einer grünen Holzeingangstür stehen, an der ein Blechschild mit der Aufschrift 'Casa Belvedere' angebracht ist. Der Mann schaut nach oben zu den Fenstern und drückt auf den Klingelknopf. Francesco Lupi nähert sich dem Mann und spricht ihn mit resoluter lauter Stimme von hinten an: „Signor Bergmann?"

Kapitel 15

„Ein kleiner Tropfen Passito geht bestimmt noch." Rosanna schmiegt sich sanft an ihren Jugendfreund und schenkt den verführerisch süßen Wein in sein Glas.

„Allora, du möchtest wissen, wer Cesare ist." Dabei spricht Rosanna das Wort Cesare lang gedehnt aus. „Er ist der Eigentümer der großen Cantina Sereni in Castel Ritaldi. Davon hast du bestimmt schon gehört. Seit sein Vater gestorben ist, hat Cesare sehr abgehoben."

„Was meinst du mit abgehoben?", möchte Volpe wissen.

„Er hat sich sehr verändert", erklärt ihm Nonna. „Cesare ist ein richtiger selbstgefälliger Gigolo geworden. Er prahlt mit teuren Autos, spielt Golf, macht jeden Morgen Jogging und hat fünfzehn Kilo abgenommen. Jung möchte er wieder sein! Er färbt sich sogar die Haare. Wie kann man so eitel sein mit über fünfzig. Vanitoso vanitoso!"

Rosanna schmunzelt. „Er verkaufte mindestens zwanzig Hektar an Landflächen und Weinbergen. Auch ich kaufte ihm ein paar Hektar Weinflächen und eine brachliegende Wiese ab. Auf dieser neu-en Fläche baue ich Biowein an, den Weißwein Grecchetto. Bioweine sind übrigens der neue Trend. Nun, Cesare hat immer noch mehr Wein-reben als ich. Der ist nicht arm."

„Danielo, Sie waren bei Cesare auf dem Gut und haben dort Amalia Conti gesehen?"

„Si, Signor Volpe. Ich repariere seine Landwirt-schaftsmaschinen. Er bezahlt mich immer großzü-gig. Ich kann nichts Schlechtes über Cesare sagen. Was er privat macht, geht mich nichts an."

„Wann haben Sie denn Signora Conti bei Cesare Sereni angetroffen?"

„Das kann ich leider nicht genau sagen, ir-gendwann an einem Abend, vielleicht vor acht oder zehn Tagen."

***

Volpe steht neben seinem Alfa Romeo auf dem Parkplatz Collevecchio. Der Parkplatz vor Rosan-nas Anwesen besteht nicht aus einer riesigen, ge-pflasterten oder geteerten Fläche, wie man es von kommerziellen Weingütern her kennt, die einen Reisebus nach dem anderen empfangen. Rosanna wollte keine Olivenbäume dafür opfern. So stellt man bei ihr seinen Wagen einfach direkt zwischen den alten Bäumen mit den grünlich silbernen Blättern ab. Volpe verstaut in seinem Kofferraum ein paar Flaschen Sagrantino, die angebrochene Flasche Passito, eine Schale Tozzetti, und - wofür er besonders dankbar ist - einen Topf des restlichen Wildschweinragouts.

Er denkt an Amalia Conti und an diesen Sereni. Ein junggebliebener gutaussehender Mann, sportlich, vermögend, nie verheiratet und nie gebunden, wie Rosanna erzählte. Amalia Conti war mit ihren zweiunddreißig Jahren ebenfalls eine attraktive Frau. Ob die beiden ein Paar waren? Volpe steigt in seine Giulietta und betrachtet die Uhrzeit auf dem Display. Es ist kurz nach halb vier. Er entscheidet sich kurzfristig, nicht zurück in die Polizeistation zu fahren, sondern nach Castel Ritaldi, um diesem Signor Cesare Sereni doch einmal auf den Zahn zu fühlen.

Kapitel 16

„Tu sei un angelo, grazie mille", freut sich Lupi, als Anna Morena ihm einen Eisbecher der Sorten Pistacchio und Vaniglia auf seinen Schreibtisch stellt. Anna genießt es, in der Mittagspause in dem kleinen Lebensmittelladen bei ihrem Onkel an der Piazza einzukaufen und anschließend in der Gelateria 'Il Gatto' für sich und ihren Kollegen Eisbecher mitzunehmen.

„Du musst viel essen, Francesco. Schließlich wirst du bald Vater", lacht sie. „Wo ist denn Commissario Volpe?"

„Er besucht gerade Rosanna Baldelli. Sie kannte die Tote, und Volpe hofft, mehr über die Conti zu erfahren."

„Ah, das kann dauern. Wer einmal bei Rosanna und Nonna mit ihren leckeren Tozzetti sitzt, kommt so schnell nicht mehr los. Dort ist es auch viel angenehmer als in unserem dunklen Büro." Anna schleckt an ihrer Lieblingseissorte Lampone. „Was suchst du eigentlich?"

Lupi wühlt in der braunen Leder-Handtasche Contis. Auf seinem Schreibtisch türmen sich eine

Geldbörse aus blauem Kunstleder, eine Ausweismappe, einige Visitenkarten ihrer Immobilienfirma, eine Haarbürste, eine Nagelfeile, eine Tube Handcreme, ein Schlüsselbund, ein Parfümfläschchen mit einem Verschluss in Form einer roten Mohnblume sowie ein Lippenstift. Endlich hält er das gesuchte Ladegerät in seiner Hand.

„Ich muss noch sämtliche Daten auf dem Laptop überprüfen und auch die Telefonnummern checken. Unglücklicherweise ist der Akku des Mobiltelefons leer, hoffentlich finde ich die PIN. Und hier auf dem Laptop sind einige Dateien schreibgeschützt. Könntest du bitte einen Blick darauf werfen?"

„Volentieri, sehr gerne! Du weißt, ich stöbere lieber in fremden Computern, als Protokolle oder Berichte zu tippen. Das muss Volpe ja nicht wissen", lächelt sie und nimmt den Laptop mit in ihr Büro.

Franceso versteht sich gut mit Anna. Sie ist seit zwei Jahren in der Polizeistation beschäftigt. Zuvor studierte sie Informatik, brach jedoch das Studium ab, weil sie schwanger wurde. Anna heiratete, machte die Ausbildung zur Verwaltungsangestellten bei der Polizei und ist

sehr glücklich mit ihrem Mann und ihrer vierjäh-
rigen Tochter. Dass ihre Figur ein bisschen unter
der Schwangerschaft litt, stört sie nicht. Ihre langen dunklen Haare, die sie als Studentin trug, ließ
sie zu Beginn in die Arbeitswelt in eine pfiffige
halblange Frisur mit stufigem Fransenschnitt ver-
wandeln.

Francesco Lupi kniet unter dem Tisch und sucht
für das Ladegerät nach einer freien Steckdose.
Daran mangelt es oft in diesen alten Häusern. Wie
oft beantragte er im Hauptquartier in Perugia eine
Sanierung. Wenigstens eine neue Stromversor-
gung, neue Computer und einen Anstrich der
Wände hätte man genehmigen können. Aber es
wird nur gespart bei den Außenstellen.

Plötzlich vernimmt Francesco aus dem Flur das
donnernde laute Schreien einer Frau: „Wo ist der
Commissario? Ich muss ihn sofort sprechen!"

Er hebt seinen Kopf. „Ai che male! Maledetto!
Au, verflucht!" Er stößt mit seinem Kopf an der
Tischplatte.

„Wo ist der Commissario? Es ist dringend!",
dröhnt es in Lupis Ohren jetzt noch lauter.

Vor ihm steht eine aufgebrachte Loretta Felice.
Ihre langen ungekämmten Haare sehen aus wie

nach einem Segelturn im Sturm. Ihre Augen sind gerötet, sie ist ungeschminkt, nicht einmal ihren Lippenstift, den sie so liebt, hat sie aufgetragen. Voller Wut knallt sie einen roten Stoff mit Spitzen auf den Schreibtisch, dabei fällt der Parfüm-Flacon zu Boden und zerbricht. Ein blumig-süßlicher Duft verteilt sich im Raum.

„Signora Felice! Setzen Sie sich bitte. Was ist denn passiert und, ähm, was ist das?", fragt Lupi und öffnet die Fenster.

„Mein Mann ist der Mörder! Mauro hat diese Amalia umgebracht! Hier ist der Beweis, das war in seinem Auto!" Loretta Felice deutet auf den roten Stoff, der sich als ein neckisches erotisches Spitzenhöschen entpuppt.

Francesco errötet. „Aber Signora, das ist doch bestimmt ein Geschenk für Sie."

„Nie im Leben!", brüllt Loretta. „Geschenke sind verpackt, dieses ekelhafte Teil ist gebraucht."

Loretta Felice weint und lässt sich auf einen Stuhl fallen. Anna bringt ihr ein Glas Wasser, nimmt sie in die Arme und zwinkert Francesco zu: Mach' dass du rauskommst.

Lupi geht in die Küche, nimmt sich ein Hand-tuch, hält dieses unter das fließend kalte Wasser und kühlt damit seinen Kopf. Verfluchter Tisch, verfluchtes altes Büro. Er hofft, Volpe würde noch länger bei Rosanna Baldelli in Collevecchio verweilen und nicht so bald in die Polizeistation zurückkommen. Er selbst sollte das Gespräch mit Loretta Felice übernehmen. Er ist sich jedoch sicher, Anna als Frau hat dafür das bessere Einfühlungsvermögen. Er setzt sich an den Küchentisch, hält sich weiterhin das kühle Handtuch an den Kopf und stöhnt.

Anna Morena hört ruhig zu. Loretta ist sich ganz sicher. Dieses Unterhöschen kann nur aus der Wohnung von Amalia stammen. Es hat sich in Montefalco inzwischen herumgesprochen, dass ihr Mauro dieser blonden Holländerin immer morgens Brötchen und Gebäck vorbeibrachte. Auch am letzten Samstag.

„Und nur, weil Ihr Mann Mauro Gebäck lieferte, verdächtigten Sie ihn gleich und durchsuchten sein Auto?" Anna reicht Loretta ein Taschentuch.

„Oh nein, das war reiner Zufall. An diesem schrecklichen Samstag, als ich Amalia Conti tot auffand, holte mich Mauro in Belvedere ab. Meinen kleinen Fiat ließ ich dort am Parkplatz stehen. So nahm ich heute Mauros Panda, um zu meiner

Mutter zu fahren, und entdeckte hinter dem Fahrersitz diesen roten Fetzen."

„Aber warum sollte Ihr Mann diese Amalia umgebracht haben? Glauben Sie wirklich, er war es?", fragt Anna weiter.

„Ich weiß gar nicht mehr, was ich noch glauben soll", schluchzt Loretta, „Mauro war an diesem Tag bei ihr. Dieser Mistkerl, pezzo di merda! Und das ausgerechnet an unserem zehnten Hochzeitstag."

„Wir werden das ganz schnell herausfinden. Ich bringe Sie nun zu Ihrer Mutter. In Ihrem Zustand werden Sie nicht mehr Auto fahren. Einverstanden, Francesco?" Lupi, der gerade mit einer Tasse Espresso hereinkommt, nickt. „Und den Autoschlüssel des Pandas lassen Sie bitte hier.

Kapitel 17

Die hohen Zypressen der Allee werfen lange Schatten im Abendlicht. Der unbefestigte Privatweg führt den Hügel hinauf zu einem offen stehenden schwarzen Eisentor, kunstvoll von Hand geschmiedet, verziert mit gewundenen Blättern sowie Reben und Speeren. An den beiden hohen gemauerten Torpfosten winden sich rot blühende Rosenstöcke in die Höhe. Commissario Volpe fährt durch die Toreinfahrt und blickt auf einen riesigen Innenhof mit geschottertem Boden. Vor ihm ragt ein imposantes Gebäude drei Stockwerke hoch, der Putz sandfarbig, die Fensterläden karminrot. Den Eingang dieses Landgutes erreicht man über eine beeindruckende zweiläufige Freitreppe. Rote Hortensien in stilvollen Blumentöpfen schmücken die säulenartigen Balustraden. Volpe betrachtet das einstöckige langgezogene Gebäude auf der linken Seite mit seinen hohen Rundbogenfenstern und einer zweiflügeligen Tür aus verziertem Eichenholz. Prächtige Lorbeersträucher in grauen Steintöpfen schmücken den Eingang. Vor diesem Nebengebäude, welches offensichtlich als Verköstigungsraum dient, befindet sich eine kleine Terrasse aus Holzbohlen. Dort können die Gäste auf exklusiven Boulevard Gartenmöbeln unter einem weit ausragenden weißen Sonnenschirm Wein oder Prosecco probieren. Gegenüber entdeckt Volpe ein Gebäude aus Natursteinen und einem sehr breiten Hallentor. Dahinter vermutet er noch weitere Lagerhallen.

Volpe parkt seine Giulietta neben einem perlmuttweißen Maserati Cabrio. Ein großer sportlicher Mann, elegant gekleidet in dunkelblauer Stoffhose und weißem Hemd mit offenem Kragen kommt aus dem Nebengebäude heraus. Er hält ein Mobiltelefon ans Ohr. Begleitet wird er von einem silbergrauen Weimaraner. Ein kurzes Handzeichen, und der Jagdhund legt sich auf die Holzbohlen der Terrasse und beobachtet den neuen Gast mit seinen Bernsteinaugen. Cesare Sereni! Volpe erkennt ihn sofort an seiner schlanken Figur und dem selbstsicheren dynamischen Gang. Für einen kurzen Moment bereut er das üppige Mittagsmenü, das Wildschweinragout und die vielen Tozzetti-Kekse bei Nonna. Es wird Zeit, etwas für die Figur zu tun. Dieser Sereni ist gut fünf Jahre älter als er und sieht verdammt attraktiv aus.

„Scusi Signore, buona sera, ich hatte noch ein Telefonat. Kommen Sie herein, ich zeige Ihnen gerne mein Sortiment."

„Ja, ich würde gerne ..."

„Sie stören nicht, Signore. Prego, treten Sie ein!"

Diese Einrichtung muss ein Vermögen gekostet haben, denkt Antonio Volpe, als er den Raum betritt. In der Mitte des Saales reihen sich fünf runde Tische mit weißen lang herunterhängenden Tischdecken und je vier Eichenstühle.

Jeder Platz ist kunstvoll eingedeckt. In akkurater Anordnung stehen je drei Weingläser verschiedener Größen, ein Grappaglas sowie ein Wasserglas. Bunt bemalte Keramikvasen, in verschiedenen Motiven wie Sonnenblumen oder Trauben sowie dem dunkelblauen Schriftzug: ‚Cantina Sereni', dekorieren die Tische. Von den massiven Holzbalken der Decke hängen herrschaftliche Kronleuchter herab. Durch die Rundbogenfenster scheint die Abendsonne, die die grauroten Wände warm erleuchten lässt. Auf der gegenüberliegenden Seite der Fenster tragen massive Eichenholzregale Weingläser, Servietten, Brotkörbchen, Plexiglas-Ständer, bestückt mit Prospekten und Preislisten aus Hochglanzpapier

sowie die wertvollen dunkelbraunen Weinflaschen. Volpe bewundert die prachtvollen Wappen
auf den Weinetiketten. An der schmalen Wand
wurde eine schlichte Küchenzeile angebracht,
bestehend aus einer kleinen Spüle, einer Theke
sowie einer Kühlvitrine. Vor der Theke thront ein
altes Holzfass mit einer runden Glasplatte, welches als Stehtisch dient.

Cesare Sereni stellt zwei Grappagläser auf die
Glasplatte und schenkt aus einer langhalsigen
Flasche ein.

„Darf ich Ihnen meinen neuen Grappa vorstellen? Betrachten Sie die Farbe! Unser Grappa reift
sehr lange in Holzfässern, daher kommt die herrliche braungoldene Farbe. Wir haben eine eigene
Destillerie, die ich Ihnen später gerne zeige."

Volpe nimmt einen kleinen Schluck. „Complimenti Signor Sereni, fantastica. Ich möchte allerdings keinen Grappa oder Vino kaufen. Ich bin
Commissario Volpe und hätte ein paar Fragen."

Sereni trinkt sein Glas leer bevor er antwortet.
„Ich verstehe. Womit kann ich Ihnen helfen?"

„Es geht um Amalia Conti"

„Conti, wer ist das?"

„Eine holländische Immobilienhändlerin. Sie ist tot, genauer gesagt, sie wurde ermordet. Zeugen berichteten mir, Sie hätten Kontakt zu ihr gehabt?"

„Si, si, diese blonde kleine Frau. Jetzt weiß ich, wen Sie meinen. Ermordet? … Darf ich Ihnen noch ein Glas Sagrantino anbieten? Ich habe hier gerade eine Flasche aus dem Jahr 2013 geöffnet. Ein ganz hervorragender Jahrgang."

„No grazie, Signor Sereni. Ja, Amalia Conti wurde in ihrem Ferienhaus umgebracht, man hat sie erschlagen. Wie war Ihr Verhältnis zu ihr?"

„Nun, da gab es kein Verhältnis, weder geschäftlich noch privat. Sie war einmal hier und erkundigte sich nach meinem Weinsortiment. Dabei erzählte sie mir, sie suche nach Immobilien, vor allem nach solchen, die sich gut als Ferienwohnungen eignen. Sie habe viele Interessenten aus dem Ausland, und sie würde sich freuen, wenn ich ihr etwas vermitteln könnte."

„Und wo waren Sie am Samstagvormittag?"

„Ich hatte hier in meinem Büro zu tun, das müssten meine Arbeiter bezeugen können. Sie wissen, wir sind mitten in der Weinlese. Wir arbeiten derzeit auch an den Wochenenden."

„Ich danke Ihnen, Signor Sereni. Sie besitzen übrigens ein sehr schönes Weingut."

Sereni begleitet Volpe zum Auto. Der Weimaraner verweilt immer noch auf der Holzterrasse. Volpe fährt zum Tor hinaus und beobachtet im Rückspiegel, wie Sereni sein Mobiltelefon aus der Hosentasche zieht, mit dem Daumen ein paar Mal auf das Display tippt und das Telefon ans Ohr hält. Er traut Sereni nicht. Einerseits wirkte er sehr überrascht über die Nachricht der toten Amalia. Andrerseits erschien ihm Sereni sehr kühl und beherrscht. Wusste er von dem Mord? Kannte er Amalia tatsächlich nur flüchtig, und es interessiert ihn deshalb nicht sonderlich, was dieser Immobilienmaklerin hier in der Gegend zugestoßen ist? Oder hatte er doch ein Verhältnis mit ihr? Welches Motiv hätte ihn aber dazu bewegen können, sie umzubringen?

Der Weg nach Montefalco führt durch Dörfer mit engen Straßen. Ein paar wenige Kilometer hinter Castel Ritaldi passiert Volpe die Ortschaft Torregrosso. Zwei Lastwagen stehen sich in der Ortsmitte gegenüber und kommen nicht aneinander vorbei. Ein Fahrer hat das Verkehrszeichen, auf den Gegenverkehr zu warten, nicht beachtet.

Die Fahrer stehen auf der Straße und lamentieren. Es bildet sich ein Stau. Mopedfahrer überholen die Fahrzeugkolonne und fahren über Fußgängerwege und Schleichwege, um den Ort zu umfahren. Volpes Handy klingelt. Francesco Lupi ruft an.

„Ciao Francesco!"

"Buona sera, Signor Volpe. Es gibt Neuigkeiten. Wir, ähm ich habe weitere schreibgeschützte Dateien auf dem Laptop der Conti öffnen können. Dabei handelt es sich um Vorlagen von Weinetiketten. Ich dachte, das könnte Sie interessieren. Was hat denn eine Immobilienhändlerin mit Weinetiketten zu tun?"

„Mmh ja, merkwürdig. Schicken Sie doch bitte einen Screenshot auf mein Handy.

Was ist übrigens aus Bergmann geworden? Im Kalender der Conti war doch für heute ein Termin eingetragen. Haben Sie ihn in Belvedere angetroffen?"

„Ach so, nein, da war kein Bergmann. Es wartete allerdings ein Mann vor dem 'Casa Belvedere'. Er sagte, er sei auf der Durchreise und suche eine Bar. Er hoffe, in der Ferienwohnung jemanden anzutreffen, der ihm dabei helfen könne."

„Sie haben ihn laufen lassen? Das war bestimmt Bergmann!" schreit Volpe entsetzt.

„Nein Commissario. Ich ließ mir den Ausweis geben und er zeigte mir sogar freiwillig seinen Führerschein und seine Kreditkarten. Er war ein Deutscher, aber er heißt nicht Bergmann. Ganz sicher."

„Nun gut. Und wie verhält es sich mit Signora Contis Mann oder Exmann? Konnten Sie ihn erreichen?"

„Leider noch nicht, das Mobiltelefon von Amalia Conti war nicht geladen."

„Va bene, bleiben Sie dran, und vergessen Sie nicht, mir die Fotos der Weinetiketten zu senden. Buona sera."

Die beiden Lastwagenfahrer stehen immer noch auf der Straße, reden im lauten Tonfall und deuten mit ihren Händen die Straße hinauf und hinunter. Ein paar Autofahrer gesellten sich inzwischen hinzu und geben beste Ratschläge, wie man den Verkehr wieder in Bewegung bringen könnte. Der Commissario überlegt, ob er aussteigen und seinen Dienstausweis zeigen solle. Das sei normalerweise die Aufgabe der Polizia Stradale. Er könnte dort anrufen. Aber bis die Kollegen hier vor Ort sind, wird es viel zu lange dauern. Sein Handy gibt einige kurze Signaltöne hintereinander ab. Nachricht von Lupi, die Fotos der Etiketten.

Volpe betrachtet die Bilder und flucht: „Dieser verlogene Sereni!" Er stellt sein Blaulicht auf das Autodach, fährt ein Stück vorwärts und biegt anschließend rückwärts in eine Hofeinfahrt, um zu wenden. Die Autos hinter ihm stoßen zurück und machen ihm Platz. Geht doch! Volpe schaltet sein Signal aus und fährt zurück nach Castel Ritaldi.

In Torregrosso läuft der Verkehr wieder fließend. Vom Martinshorn und Blaulicht aufgeschreckt, wurden sich die Fahrer sehr schnell einig, wer nun rückwärts ausweicht. Bevor man sich mit der Polizia herumschlägt, löst man das Problem lieber selbst. Wer weiß, was die Transporter so alles geladen haben.

Die Giulietta wirbelt den Staub der Zypressenallee auf und donnert über den Schotter des Innenhofes. Volpe betritt mit festen Schritten Serenis Büro. Er sieht den Weinhändler an dessen Schreibtisch vor dem Computer sitzen und knallt sein Handy mit den Fotos auf den Tisch. Der Weimaraner, auf einer moosgrünen flauschigen Decke sitzend, knurrt leise.

„Lesen Sie laut vor, Signor Sereni! Was bitte steht hier?", fragt Volpe in einem sehr energischen Tonfall. Er wollte lauter brüllen, beherrschte sich aber, nachdem er dem eleganten Jagdhund kurz in die Augen geblickt hatte.

"Cantina Sereni, Castel Ritaldi, Sagrantino Biologica, anno 2014. Woher haben Sie diese Fotos?" Sereni wirkt verärgert.

„Das sind Vorlagen für Etiketten, wie Sie sehen. Mit dem Namen Ihrer Cantina! Was suchen diese auf dem Laptop von Signora Conti?", schnaubt Volpe.

„Ach das! Setzen Sie sich doch bitte. Mein Hund wird sonst nervös", versucht Sereni etwas Zeit mit seiner Antwort zu gewinnen. Volpe bleibt stehen.

„Wissen Sie, Signora Contis Immobiliengeschäfte liefen nicht mehr so gut. Sie suchte sich somit ein zweites Standbein. Sie entwarf diese Etiketten, weil sie hoffte, zusätzlich Geld damit zu verdienen. Ich konnte ihr dabei aber leider nicht helfen."

„Und das erzählen Sie mir erst jetzt?"

Sereni beugt sich an seinem Tisch nach vorne und legt seine Hände locker zusammen. „Das tut mir leid, Commissario, das hatte ich vergessen. Dieses Angebot war absolut nicht interessant für mich."

„Aber sicher, Signor Sereni", knurrt Volpe und sieht ihm lange in die Augen, bevor er sein Handy wieder zu sich nimmt, zur Tür geht und sich nochmals umdreht: "Ci vediamo! Wir sehen uns! Buona sera!"

***

In der Dämmerung beginnt das Zirpen der Zikaden in den Olivenhainen. Volpe sitzt erschöpft auf seiner Terrasse. Die Sonne hat sich bereits leise hinter den Weinbergen vom Tag verabschiedet. Ein leichter frischer Wind weht, und ein Glas frischer kalter Trebbiano kühlt seinen Kopf, seine Gedanken und seine aufgebrachten Emotionen. Er ist unzufrieden. Dieser arrogante Sereni. Er mag solche Typen nicht, die sich immer unter Kontrolle halten, schlagfertig oder provokativ antworten und meinen, immer die Fäden in der Hand zu halten. Ausgerechnet solche Menschen verfügen über eine charismatische Ausstrahlung und blenden mit ihrem gespielten Optimismus und ihrer vorgetäuschten Ausgelassenheit. Sereni hat einiges zu verbergen.

Er pflegte garantiert mehr Kontakt zu Amalia Conti, als er zugibt. Nur nachweisen kann Antonio Volpe ihm erstmals gar nichts.

Nach zwei Gläsern Wein fühlt er sich bedeutend besser. Er schlendert in die Küche zum Kühlschrank und legt sich ein paar Pecorino-Stücke und ein Weißbrot auf einen Teller. Er hat keinen großen Appetit. Die Nächte ab Mitte September sind schon zu kühl, um noch länger draußen zu sitzen. Er legt sich auf die Couch und schaltet den Fernseher ein. Er hat die Wahl zwischen einer Quizsendung mit einer rothaarigen vollbusigen Moderatorin mit gellender Stimme, einem amerikanischen schlecht synchronisierten Spielfilm, einer Dokumentation der Eleonorenfalken auf Sardinien oder den Nachrichten aus aller Welt. Bevor er sich entscheiden kann, schläft Antonio Volpe auf seinem Sofa ein.

Dienstag, 14. September
Kapitel 18

Die Uhr im Campanile schlägt neun Mal. Anna Morena und Francesco Lupi sitzen in der Küche am mintgrünen Resopaltisch, gedeckt mit einem Teller Cornetti con Crema, Nusshörnchen und Biscotti, zwei Tassen Espresso, Zuckertütchen und ein paar Papierservietten.

„Ist unser Commissario heute Morgen zu einem Außentermin unterwegs?", fragt Anna, öffnet ein Tütchen und füllt den Zucker in ihre Tasse.

„Soweit ich weiß, hat er keinen Termin. Ich rufe ihn besser an … Buongiorno Signor Volpe, hier Francesco Lupi … ähm, wann kommen Sie heute ins Büro? Der Obduktionsbericht kam eben per Mail … si … si va bene." Francesco legt auf, „Oh oh!", und grinst.

„Was gibt es denn zu grinsen?" Anna streift die Krümel des Nusshörnchens von ihrem Schoß.

„Er klang so, als habe er verschlafen. Er wird in zwanzig Minuten hier sein, sagte er."

Die beiden kichern und verlängern heute ausnahmsweise die Frühstückspause. Anna plaudert über ihre Tochter und über ihr glückliches Leben mit ihrer Familie. Francesco, der angehende Familienvater, hört aufmerksam zu.

***

Der doppelte Espresso, den Anna für Antonio Volpe zubereitete, entfaltet seine Wirkung. Der Commissario hat inzwischen an seinem Schreibtisch gegenüber von Francesco Platz genommen und liest die wesentlichen Punkte aus dem Obduktionsbericht laut vor:

„Am Hinterkopf befindet sich eine Platzwunde von etwa achtzig Millimetern Länge. Die Todesursache ist eine innere Hirnblutung, verursacht durch den harten Aufprall auf die Steinumrandung des Kamins. Die Hämatome an den Oberarmen sind kurz vor dem Todeszeitpunkt entstanden. Diese Druckstellen stammen eindeutig von zwei starken Händen. Laut Laborbericht nahm Conti keine Drogen und auch keinen Alkohol zu sich. Es gibt keinerlei Spuren von Vergiftungen und es liegt auch keine Schwangerschaft vor. Die Gerichtsmedizin hat den Todeszeitpunkt auf zwischen acht und zehn Uhr festgelegt. ... P.S. Viele Grüße von Signor Grelli. Er lässt ausrichten, dass der Laborbericht des Referats für Biologie und Mikroskopie bald folgt. ... Also Francesco, jetzt ist es eindeutig: das war kein Unfall. Die frischen Druckstellen an ihren beiden Oberarmen zeigen, dass es unmittelbar vor ihrem Tod einen Kampf gegeben haben muss. Übrigens, haben Sie inzwischen Signor Conti erreicht?"

„Si Commissario. Das Hauptquartier in Perugia konnte die Baufirma ausfindig machen, in welcher Sandro Conti beschäftigt ist. Ich rief ihn gleich daraufhin an und konnte einige interessante Dinge über ihn und Amalia erfahren. Die beiden sind seit einem Jahr geschieden. Er hat sie nicht wieder gesehen, obwohl beide in Perugia wohnen. Sie lernten sich vor ein paar Jahren in Florenz kennen. Amalia Conti besuchte dort einen Italienischkurs. Bereits nach drei Monaten heirateten die beiden. Sandro renovierte alte Dorfhäuser, die sie anschließend als Ferienimmobilien verkauften. Laut Signor Contis Aussage lief das Geschäft recht gut. So gründeten sie die Immobilienfirma, die Amalia Conti inzwischen alleine führt. Die Firma betreibt jedoch kein Büro, sondern präsentiert sich nur über eine Website. Amalia arbeitete ausschließlich an ihrem Laptop. Ihre Kunden bestellte sie direkt zu den Objekten oder ins ‚Casa Belvedere'."

„Gut", murmelt Volpe, „auch dieser Conti erscheint mir nicht ganz unverdächtig. Vielleicht schuldete ihm Amalia nach der Scheidung noch Geld. Veranlassen Sie doch bitte, dass die Kollegen in Perugia die Wohnungen der beiden besichtigen und sich nochmals diesen Conti vornehmen."

Anna Morena betritt unauffällig das Büro, schleicht sich grinsend von hinten an Commissario Volpe heran, hält ihren ausgestreckten Arm über seinen Kopf und schwenkt den roten Slip verführerisch vor seiner Nase hin und her.

Volpe erschrickt und stottert verlegen: „Anna! Was um Himmels Willen …"

„Keine Sorge", lacht Anna, „das ist nur ein Beweisstück. Loretta Felice war gestern hier. Dieses entzückende Teil fand sie im metallicblauen Panda ihres Mannes. Nun ist sie überzeugt, Mauro war am Samstag in der Wohnung und brachte Amalia um."

„Ragazzi! Kinder! Das sagt ihr mir erst jetzt?" Volpe ist aufgebracht. "Franceso, bringen Sie mir Mauro umgehend hierher. Nehmen Sie Ihren Dienstwagen. Damit kommen Sie schneller durch die schmalen Gassen als ich mit meinem Alfa."

***

Mauro Felice sitzt am Tisch, hält seine beiden Hände an die Stirn und stützt seinen Kopf. Anna bringt einen Mittagsimbiss vorbei, ein paar belegte Panini mit Prosciutto und Mozzarella-Pomodori. „Essen Sie doch eine Kleinigkeit, Signor Felice." Anna reicht ihm die belegten Brötchen. Mauro sieht sie kurz an und schüttelt mit dem Kopf.

Volpe sitzt ihm gegenüber und nimmt sich ein Brötchen mit Schinken. Sein Frühstück bestand heute nur aus einem starken Espresso sowie einer Flasche Mineralwasser. Er sitzt bereits den ganzen Vormittag mit einem überaus wortkargen Mauro zusammen.

„Ich fasse nochmals zusammen, Signor Felice. Sie suchten Amalia Conti also doch an diesem Samstagmorgen gegen neun Uhr in ihrem Haus auf. Aber Sie behaupten nun, Amalia habe noch gelebt."

Mauro nickt.

„Und diesen roten Slip haben Sie nie gesehen?"

Mauro schweigt und blickt auf den Tisch.

„Sie haben also keine Ahnung, wie dieser Slip in Ihren Panda kam?"

Mauro zuckt mit den Schultern und schaut verlegen zum Fenster.

„Nun gut, wir haben Zeit. Warten wir auf die Ergebnisse der Spurensicherung. Die Techniker untersuchen gerade auf dem Parkplatz unterhalb der Stadtmauer Ihren Wagen."

Das Telefon auf seinem Schreibtisch klingelt.

„Pronto, hier Commissario Volpe, seid ihr schon fertig? … Ah Rosanna! Wie bitte? Was? Um Gottes willen! Ich schicke dir Francesco Lupi vorbei … tut mir leid, ich kann leider nicht kommen, ich sitze gerade mitten in einem Verhör …"

Das Mobiltelefon Volpes klingelt. Das Display zeigt ‚Grelli' an. Francesco nimmt ab.

„Signor Grelli? Volpe spricht gerade auf dem Festnetztelefon. Einen Moment bitte …"

Volpe hängt ein und wendet sich an Francesco. „Sie müssen sofort zu Rosanna Baldelli zum Agriturismo Collevecchio fahren, subito!", und nimmt währenddessen sein Mobiltelefon entgegen, welches ihm Francesco reicht.

„Ja Signor Grelli? Volpe hier …"

Der Commissario holt tief Luft, erhebt sich aus seinem alten Bürostuhl und schreitet in die Küche. Er nimmt ein Glas aus dem Ablaufgitter, füllt es mit kaltem Leitungswasser und trinkt daraus einen kräftigen Schluck. Anschließend reißt er ein Blatt Papier von der Küchenrolle ab und tupft sich den Schweiß von der Stirn, bevor er das Verhör mit Mauro Felice fortsetzt.

„Allora, Signor Felice. Die Spurensicherung rief gerade an. Meine Kollegen fanden ein Spültuch in Ihrem Panda. Dieses Tuch weist das gleiche Blumenmuster auf, welches wir im Spüleimer auf dem Tisch in Amalias Ferienhaus vorfanden. Zudem fand man Blutspuren in Ihrem Panda, und zwar auf der Fußmatte der Fahrerseite. Diese Blutspuren müssen noch mit der DNA von Signora Conti abgeglichen werden. Falls diese übereinstimmen, sind Sie mir eine ausführliche Erklärung schuldig."

„Aber Commissario. Diesen Lappen hat wahrscheinlich Loretta mitgenommen, als ich sie am Samstag mit meinem Wagen in Belvedere abholte. Wie Sie doch wissen, war sie dort für die Reinigung zuständig. Und wie die Blutspuren in mein Auto kommen, kann ich mir nicht erklären. Vielleicht hatte jemand auf der Straße Nasenbluten und ich bin zufällig in die Blutstropfen getreten. Das sind doch alles keine Beweise!", verteidigt sich Mauro Felice und reibt sich verlegen mit dem Zeigefinger die Nase.

„Diesen Spüllappen nahm Ihre Frau garantiert nicht mit in Ihr Auto", entgegnete ihm Volpe. „Sie reinigte an diesem Samstag bestimmt nicht das Casa Belvedere. So kann sie auch keinen Wischlappen in ihren Händen gehalten haben, als Sie sie abholten."

Volpe macht eine Pause und ermahnt Mauro in einem scharfen Tonfall: „Wenn Sie nicht umgehend reden, werde ich jetzt mit Ihnen nach Perugia ins Präsidium fahren. Und falls Ihre Fingerabdrücke auf diesem Lappen erkennbar sind, dann können Sie gleich dort in Untersuchungshaft bleiben!"

Mauro bittet, eine Zigarette rauchen zu dürfen. Volpe reicht ihm einen Aschenbecher. Der Barbesitzer zittert und zieht mehrmals an seiner Zigarette. Vielleicht sollte er sich jetzt etwas kooperativer zeigen. Er beginnt zu reden und gesteht. Er war tatsächlich am Samstagmorgen in Amalia Contis Wohnzimmer und versichert, dass sie bereits tot am Boden lag. Stotternd und weinend gibt er seine Zuneigung zu dieser hübschen blonden Holländerin zu. Es sei aber keine Liebesbeziehung gewesen, so wie es sein alter Lehrer, der Maestro Luciano Gabrieli, in Montefalco herumtratscht. Mauro war vom Anblick der Toten zutiefst schockiert, und wie von Sinnen trieb es ihn in Amalias Schlafzimmer in der obersten Etage. Er wollte irgendeine schöne Erinnerung mitnehmen. Da entdeckte er diesen Slip in der Kommode. Er weiß nicht, warum er so ein Stupido, so ein Dummkopf, war, und ausgerechnet dieses rote Höschen an sich nahm. Er ging auch gleich wieder nach unten und verließ das Haus, vor dem sein Panda parkte. Als er im Auto saß, fiel ihm jedoch ein, er könne Fingerabdrücke im Haus hinterlassen haben. So ging er zurück, holte sich schnell ein Tuch aus der Küchenspüle und wischte die beiden Griffe der Kommodenschublade und die der Eingangstür innen und außen ab. Die Blutspur auf der Fußmatte seines Pandas könnte tatsächlich aus Amalias Haus stammen. Bevor er ging, beugte er sich zu Amalia hinunter, um zu sehen, ob sie wirklich tot sei. Er streichelte leicht ihre Wange und entfernte sich anschließend vom Casa Belvedere.

„Sono un'idiota!", beendet Felice seine Aussage.

„Warum haben Sie nicht die Polizia angerufen?"

„Ich stand wohl unter Schock, und außerdem schämte ich mich. Vor allem durfte Loretta nicht wissen, dass ich Amalia jeden Morgen Panini bringe. Loretta wäre sehr eifersüchtig geworden. Ich beliefere sonst keine Feriengäste mit Brötchen. Aber diese Amalia schmeichelte sich bei mir ein. Sie hatte so einen gewissen Charme. Somit tat ich ihr gerne den Gefallen."

„Mauro, ich müsste Sie jetzt verhaften. Ich habe jedoch noch eine andere Spur. Darüber kann ich jetzt nicht reden. Ich lasse Sie erstmals gehen. Wir werden dennoch einen DNA-Test und Fingerabdrücke von Ihnen nehmen müssen. Kommen Sie morgen, spätestens übermorgen, wieder hierher. Und klären Sie inzwischen alles mit Loretta. Seien Sie ehrlich zu ihr. Ihre Loretta ist eine besonders liebenswürdige Frau. Sie bleiben im Ort und verlassen Montefalco auf keinen Fall. Verstanden? Und jetzt verschwinden Sie!"

Kapitel 19

Auf der Corso Giacomo Matteotti folgt eine Reisegruppe einem roten geschlossenen Regenschirm, den eine junge hübsche Frau mit ausgestrecktem Arm in die Höhe hält. Sie ist Reiseleiterin einer Gruppe deutscher Rentner, die das Sonderangebot einer Busreise durch Umbrien in der Nachsaison ergattert hatten. In dieser schmalen gepflasterten Straße entdeckt man kleine Geschäfte wie Lebensmittelläden, die vor der Ladentür Kisten mit Obst und Gemüse präsentieren, Vinotheken, Feinkostläden, Antiquitäten, Boutiquen mit importierter Kleidung aus China, Schuhgeschäfte, Bildergalerien, Handwerksstätten sowie Bars, Tavernen und Eisdielen. Die Reisegruppe begibt sich zur Piazza Silvestri in der historischen Stadt Bevagna. Dieser große Platz bietet für geschichtsinteressierte Besucher gleich drei Kirchen, den prächtigen Palazzo sowie einen auf drei Stufen erhöhten imposanten Brunnen.

Karin und Frank Sassner sitzen in einem Ristorante an der Piazza bei einem zum Sonderpreis angebotenen Touristen-Mittagsmenü. Karin dreht mit einer Gabel die Spaghetti in Tomaten-Basilikum-Soße in einem Löffel, stützt anschließend ihren Ellenbogen auf den Tisch und schiebt sich die viel zu dick gewickelten langen Nudeln in den Mund. Madonna, ihr Chihuahua, verweilt auf ihrem Schoß und betrachtet misstrauisch mit seinen hochgestellten Ohren die vorbeimarschierenden Menschenmassen.

Die modebewusste Frau Sassner ist enttäuscht über das in ihren Augen magere Angebot an Geschäften. Sie erwartet von einem in den Reiseführern derart angepriesenen historischen Ort zumindest eine angemessene Einkaufsmeile, in der man die bekannten italienischen Modeboutiquen wie Armani, Zegna, Gucci, Versace oder Prada antrifft.

„Die Menschen hier in Umbrien sind einfach keine Geschäftsleute. Schau dir diese Massen an Touristen an, die diese Stadt besuchen. Diese hohen Gebäude mit den langweiligen grauen Steinfassaden, da könnte man eine Einkaufshalle mit großen Schaufenstern bauen, so wie unsere Thier-Galerie in Dortmund. Eine goldene Nase könnten sich die Leute hier verdienen. Aber diese Landbauern sind einfach zu dumm. Was meinst du Frank? … Frank? Hörst du mir überhaupt zu?"

Herr Sassner verzichtete auf die Vorspeise, die Spaghetti, und bestellte sich stattdessen einen Aperitif. Er tippt auf seinem Mobiltelefon. „Was sagtest du? Womit sind wir heute nicht zufrieden, mein Mäuschen?", entgegnet er, ohne sie anzusehen.

„Ach egal. Was guckst du denn da?"

„Ich reserviere gerade ein Zimmer in einem Wellnesshotel am Gardasee. Wir werden früher abreisen als geplant, also bereits morgen Vormittag. Auf der Rückreise verbringen wir noch eine Woche in Bardolino. Das wird dir gefallen. Es ist besser so, bevor man noch eine Spur zu uns findet. Du weißt, Amalia Conti ist tot!"

***

Nonna schüttet ihre selbstgemachten Strangozzi in den hohen, mit Wasser gefüllten Aluminiumtopf auf dem Gasherd. Ihre Soße aus in Butter angebratener Bratwurstfülle, verfeinert mit Steinpilzen und Zwiebeln, schmeckt sie mit einer Prise Fenchelsamen ab. Nun nimmt sie eine Flasche Olivenöl und gießt noch ein paar Tropfen hinzu. Sie probiert ihre Soße und ist schon recht zufrieden. Sie holt sich eine Flasche Grechetto, rührt ein gut gefülltes Weinglas davon langsam hinzu und stellt die Flamme auf die niedrigste Stufe. Nun schneidet sie dünne Streifen des geräucherten Scamorza und streut die Käsestückchen auf die Salsiccia-Soße.

Danielo rennt lachend um den Pool und wirft einen kleinen Ball, den die Hündin Agata in Windeseile mit ihrem Maul auffängt. Dieses Spielritual vor dem Mittagessen lässt Danielo nur selten ausfallen. Viel zu lange muss Agata am Morgen warten, bis Danielo aus den Weinbergen oder aus der Cantina zur Mittagspause zurückkehrt. Gerade jetzt, während der Vendemmia, muss Agata auf ihren Lieblingsspielgefährten lange warten, sofern er sie nicht ausnahmsweise auch einmal in die Weinberge mitnimmt.

Rosanna deckt den Tisch für das Mittagessen und legt das Besteck neben drei gelbe Steingutteller.

„Wann kommt denn dein Antonio?", erkundigt sich Nonna und fischt die Nudeln mit einem feinmaschigen Sieb aus dem Topf.

„Altro che il mio Antonio", empört sich Rosanna, „von wegen mein Antonio! Commissario Volpe ist mitten in einem Verhör, er schickt uns den jungen Poliziotto Francesco."

Es klopft an der Tür.

„Signor Lupi! Schön, dass Sie so schnell gekommen sind. Setzen Sie sich, ich habe Ihnen etwas Wichtiges zu erzählen", begrüßt ihn Nonna, öffnet das Fenster zum Garten und ruft nach Danielo zum Mittagstisch.

„Aber zuerst essen wir gemeinsam. Rosanna, hole bitte noch ein Gedeck für den netten jungen Signore".

„No grazie, Signora, molto gentile, ich muss wieder zurück in die Polizeistation. Ich dachte, es sei etwas Schlimmes passiert?"

„Setzen Sie sich!" Nonna drückt ihn mit ihrer Hand auf seiner Schulter auf einen Stuhl nieder.

„Complimenti Signora. Ihre Strangozzi und diese herrliche Salsa schmecken wirklich fantastisch." Francesco genießt Nonnas Spezialitäten.

„Grazie Signor Lupi! Allora. Nun erzähle ich Ihnen, was ich heute gefunden habe. Sie werden staunen! Bei uns wohnt seit ein paar Tagen ein deutsches Ehepaar aus Dortmund. Sassner ist der Name. Ich spürte gleich, dass diese Großstadtmenschen sich nicht für einen Urlaub auf einem

Agriturismo in Umbrien interessieren. Bevor ich heute zu Kochen anfing, pflückte ich im Garten frische Blumen. Ich verwöhne gerne meine Gäste mit einem schönen Strauß. Als ich die Vase in die Wohnung der Sassners brachte, stolperte ich im Flur über eine schwarze Aktentasche. Diese kippte zufällig um, und heraus fiel, Sie werden es nicht glauben, eine Waffe! Ich wusste es sofort. Das ist ein kriminelles Ehepaar."

„So so" bemerkt Lupi augenzwinkernd, „die Aktentasche ist also zufällig umgekippt."

„Ja sicher, die Tasche ist plötzlich umgefallen", entgegnet ihm Nonna schnell und presst verlegen ihre Lippen zusammen. „Diese Menschen sind gefährlich! Das macht mir Angst."

„Wo sind die Sassners jetzt?"

„Sie fuhren nach Bevagna und wollten dort in einem Ristorante zu Mittag essen", erklärt Rosanna.

„Dann sollten wir das Appartement und die Waffe schnell anschauen, bevor die beiden wieder zurückkommen", schlägt Francesco vor. „Danielo, nehmen Sie den Hund und gehen Sie mit ihm am Parkplatz vor dem Landgut spazieren. Sobald Sie das Auto der Sassners sehen, geben Sie uns Bescheid."

Lupi, Rosanna und Nonna eilen zur Wohnung. Rosanna schließt auf, Lupi zieht sich Handschuhe an und betritt den Flur. Eine Glock-Pistole liegt am Boden, genau wie Nonna erzählt hatte. Francesco nimmt die Waffe zu sich. Er inspiziert kurz die Wohnung, findet aber nichts Verdächtiges. Er begibt sich mit Rosanna und Nonna zurück in die Küche und ruft Commissario Volpe an.

***

„Jetzt war alles umsonst. Ich bin froh, wenn wir morgen aus dieser scheußlichen Gegend abreisen", knurrt Karin.

Frank streicht sich über seine Glatze und steuert seinen Mercedes ohne ein Wort zu sagen zurück nach Collevecchio. Er lenkt den Wagen an den Nussbaumplantagen vorbei, biegt links ab und fährt zwischen den Olivenhainen hinauf zum Agriturismo. Am Parkplatz angekommen, entdecken die beiden einen hellblauen Fiat Panda mit der Aufschrift ‚Polizia di Stato' sowie einen weißen Alfa Romeo mit einem Blaulicht auf dem Dach.

Als das Ehepaar aus dem Mercedes aussteigt, schreiten ihnen zwei Männer langsam entgegen, ein Polizist in Uniform und ein älterer Mann, in ziviler Kleidung, in beiger Hose und hellem Hemd.

„Sie sind Herr und Frau Sassner?", fragt der ältere Herr. „Ich bin Commissario Volpe, das ist mein Mitarbeiter Francesco Lupi. Ich hätte nur ein paar Fragen. Kommen Sie bitte mit."

Volpe entscheidet sich, die ausländischen Feriengäste erstmals nicht auf die Polizeistation mitzunehmen. Rosanna bot ihren kleinen Verkaufsraum als Besprechungszimmer an. Volpe, Lupi und die Sassners nehmen an einem runden Tisch Platz, auf dem ein paar Flaschen Sagrantino, einige Prospekte und ein paar gebrauchte Weingläser stehen. Im Raum stapeln sich leere Kartons mit der Aufschrift ‚Cantina Baldelli Collevecchio'. Unter dem Fenster, auf einem alten Schreibtisch, breiten sich Prospekte, Kalender, Lieferscheine, leere Bestellblöcke und Schreibstifte in allen Farben aus. Inmitten des Durcheinanders finden noch ein Tischrechner, an dem eine vergilbte Bonrolle hängt sowie ein Kartenlesegerät für Kreditkartenzahlungen Platz. Eine kleine schwarze Katze, deren weißen Pfötchen leuchten, huscht zur Tür hinaus. Der Chihuahua kläfft dem scheuen Kätzchen hinterher.

„Madonna! Sei still!", fährt Frau Sassner ihren Hund an. Frank wirft ihr einen genervten Blick zu.

„Signor Sassner. Sie sind im Besitz einer Waffe. Darf ich fragen, warum Sie mit einer Waffe verreisen?", spricht Volpe in ruhigem Ton und legt die Pistole auf den Tisch.

„Sie stöberten in unserem Appartement? Ohne Durchsuchungsbefehl? Das dürfen Sie nicht!", erwidert Herr Sassner aufgebracht.

„Das ist richtig", bestätigt ihm Volpe, „nun, Sie sind in Italien."

„Also gut", antwortet Frank Sassner, „das ist eine Schreckschusspistole. Nur zu unserer Sicherheit. Wissen Sie, als wir unsere Reise planten, warnten mich Freunde, es seien südlich der Toskana sehr viele Kriminelle unterwegs. Da hatten wir einfach Angst. Immerhin wurden in Süditalien schon Deutsche umgebracht!"

„Wir sind hier nicht in Süditalien sondern in Mittelitalien. Außerdem unterscheidet sich die Kriminalitätsrate Italiens nicht von der in anderen Ländern Europas. Allerdings hatten wir hier vor ein paar Tagen tatsächlich einen Mordfall und ich bin für dessen Aufklärung zuständig. Die Tote war eine Holländerin. Sie wohnte hier in Umbrien und hatte ein Immobiliengeschäft", erklärt Volpe.

Karin und Frank schauen sich tief in die Augen und schweigen.

„Wussten Sie davon?" Volpe sieht die beiden ernst an.

„Nein, wir sind zum ersten Mal hier in Umbrien. Wir kennen hier niemanden", äußert sich Karin.

„Wo waren Sie am Samstag zwischen acht und zehn Uhr?"

Frank übernimmt das Wort. „Das war unser erster Tag hier auf Collevecchio. Meine Frau schlief länger. Ich fuhr zum Bäcker und kaufte Brötchen für das Frühstück."

„Und bei welchem Bäcker?", möchte Volpe wissen.

„In Bevagna. Ich glaube, die Bäckerei heißt Antico und befindet sich gleich nach dem Tor auf der rechten Seite."

„Ja richtig, dort gibt es eine Panetteria. Wir werden das überprüfen. Auf dem Weg zur Bäckerei kommen Sie allerdings an Belvedere vorbei. Dort ist die Holländerin ermordet worden. Kennen Sie einen Herrn oder Frau Bergmann?", fragt der Commissario weiter.

„Nein. Nie gehört", erwidert Frank Sassner spontan.

Kurze Zeit später klingelt sein Handy. Sassner schaut kurz auf das Display und klappt die Handyhülle schnell wieder zu. Lupi, der neben dem Commissario sitzt, hebt ein Mobiltelefon hoch und legt es auf den Tisch. Auf dem Display steht ‚Bergmann'. Commissario Volpe sieht Lupi überrascht an. Herr Sassner zupft sich kurz an die Nase.

Lupi erklärt „Das ist das Mobiltelefon der Toten, Signora Amalia Conti. Von diesem aus wählte ich gerade Ihre Handynummer, Herr Sassner. Signora Conti speicherte diese Nummer unter dem Namen Bergmann ab, nicht unter Sassner. Können Sie mir das erklären? Außerdem traf ich Sie am Montag um vierzehn Uhr vor dem Haus in Belvedere. Sie erzählten mir, Sie seien auf der Durchreise und suchen nach einer Bar."

Inzwischen strahlt die Sonne durch die geschlossenen Fenster und erwärmt unangenehm den Raum. Frau Sassner nimmt sich einen Prospekt vom Tisch und fächert sich damit Luft zu.

Auch Volpe tropft der Schweiß von der Stirn. Er steht auf und öffnet die beiden Fenster und die Tür zum Hof. Lupi macht sich auf den Weg hinüber ins Haupthaus zu Rosanna Baldelli, um nach einer Flasche Wasser zu bitten. Dabei beobachtet er etwas neidisch zwei Gäste im Pool, die den warmen sonnigen Tag genießen. Agata liegt im Schatten auf der großen Terrasse vor Nonnas Küche und schläft. Die Hühner verharren in ihrem Gehege unter einem Strauch. Francesco betrachtet den bezaubernden ländlichen Garten, die vielen Blumentöpfe, die prächtigen Rosen an der Hauswand, die bunten Ziersträucher und den liebevoll gepflegten Nutzgarten mit Tomaten, Auberginen, Paprika, Zwiebeln, Bohnen und Salaten. Er denkt an sein neues Haus, welches er im nächsten Jahr mit seiner Frau beziehen wird. Von einem alleinstehenden älteren Mann, der wegen einer Gehbehinderung zu seiner Schwester zog, konnte er günstig ein Rustico mit großem Garten erwerben. Francesco wird noch einige Renovierungsarbeiten durchführen müssen. Das Bad lässt er von Handwerkern neu fliesen. Auch ein kleines Schwimmbad könnte er in seinem Garten errichten. Es müssten nur ein paar Obstbäume im hinteren Gartenteil entfernt werden. Diese Idee wird er seiner Frau Mariangela heute Abend gleich erzählen. Und ja, er freut sich auf sein Kind und sein neues Leben als Familienvater. Er denkt sogar daran, dass er mindestens zwei Kinder haben möchte.

Lupi stellt ein paar Gläser und zwei Flaschen kalten Wassers auf den Tisch und schenkt für jeden ein. Frau Sassner zögert lange, bevor sie sich entscheidet zu reden.

„Wissen Sie, Herr Kommissar, diese Holländerin hat uns betrogen. Wir entdeckten letztes Jahr im Internet ein lukratives Investmentangebot. Es handelte sich um neu erbaute Ferienappartements am Lago Trasimeno. Wir sahen darin eine gute Geldanlage und kauften gleich zwei Appartements. Nun schloss diese Conti mit uns einen Reservierungsvertrag ab und kassierte zwanzig Prozent des Verkaufswertes. Inzwischen wissen wir, dass man in Italien einen Vorvertrag abschließt, der von einem Notar unterzeichnet wird. Diese Conti verschwieg uns das und ließ uns den Reservierungsvertrag unterschreiben. Das Geld würde bei Kauf angerechnet werden, versicherte sie uns."

„Um wie viele Euros geht es dabei?", unterbrach Volpe.

„Wir unterzeichneten einen Vertrag über zwei Wohneinheiten zu je Zweihundertfünfundachtzigtausend Euro. Somit überwiesen wir genau Einhundertsechsunddreißigtausend Euro, inklusive Provision."

„Mamma mia, das ist eine Menge Geld. Und auf welche Weise hat Sie Signora Conti betrogen?", möchte Lupi wissen.

„Frau Conti rief uns vor ein paar Wochen an und erklärte, sie habe einen anderen Käufer gefunden und es sei ja noch kein gültiger Kaufvertrag abgeschlossen worden. Gleichzeitig versicherte sie uns, sie könne zu demselben Wert viel schönere Ferienwohnungen auf der Südseite des Sees anbieten, sogar mit größeren helleren Sanitärräumen. Sie würde uns umgehend die entsprechenden Verträge zukommen lassen. Wir erhielten jedoch keinerlei Dokumente, und so telefonierten wir mehrmals mit ihr. Sie vertröstete uns immer wieder, bis wir uns schließlich entschieden, unser Geld zurückzufordern. Nachdem wir einen Anwalt einschalteten, meldete sie sich überhaupt nicht mehr bei uns, weder auf Telefonate, noch auf unsere Mails, noch auf die Einschreiben unseres Anwalts. Aus diesem Grund meldete sich mein Mann Frank unter dem falschen Namen Bergmann als neuer Kaufinteressent bei ihr an. Mit diesem Trick wollte er sie treffen und zur Rede stellen. Herr Kommissar, Sie glauben doch nicht, wir hätten diese Conti umgebracht?"

„Nein, Frau Sassner, ich glaube nie etwas. Aber ich könnte es durchaus in Betracht ziehen. Sehen Sie, Ihr Mann kaufte an dem besagten Samstagmorgen in der Panetteria in Bevagna ein. Der Weg dorthin führt an dem Ort Belvedere vorbei. Ihr Mann hätte durchaus bei dieser Gelegenheit Amalia Conti aufsuchen können. Vielleicht wollte er sie nur mit der Waffe bedrohen. Es kam zum Streit. Er wurde handgreiflich und schmetterte Signora Conti auf den Kaminsims."

„Nein!", rief Herr Sassner, „ich hatte dieses Haus niemals betreten!"

Volpe schnauft tief durch. „Ich erwarte Sie beide morgen dringend in unserer Polizeistation in Montefalco. Signor Lupi schreibt Ihnen die Adresse auf. Wir brauchen einen DNA-Abstrich von Ihnen. Die Waffe nehme ich in Verwahrung. Wei-

terhin bitte ich Sie, mir Ihre Pässe sowie Ihre Füh-
rerscheine auszuhändigen."

Kapitel 20

Das Radio in Anna Morenas Büro ist einge-
schaltet, ‚...heute finden die Mountainbike Welt-
meisterschaften in Auronzo di Cadore statt. Die
Volleyball Weltmeisterschaft wird weiter spannend bleiben. Am fünften Tag spielt Italien gegen
Argentinien. Badegäste können sich freuen. Laut
Wettervorhersage erwartet uns wieder ein heiterer
Sommertag mit steigenden Temperaturen bis über
dreißig Grad. Am Nachmittag werden Quellwol-
ken aufziehen. In der Nacht ist mit Schauern oder
Gewittern zu rechnen ...'

Anna steht auf und öffnet alle Fenster, um die
kühle Morgenluft hereinzulassen. Der morgendli-
che Gesang des Kanarienvogels zwitschert aus der
Nachbarschaft herein. Auf dem Weg ins Büro hielt
sie an der Pasticceria an und kaufte ein paar kleine
Törtchen Crostata mit Aprikosenmarmelade, Biscotti und Cornetti con Crema, die ihr Chef so sehr
liebt. Sie deckt den Tisch liebevoll in der kleinen
Küche. Volpe ordnete an, die Besprechung in die
Küche bei Espresso und Gebäck zu verlegen. Die

letzten zwei Tage waren anstrengend und es gibt viel zu berichten und zu organisieren.

„Signor Volpe, ich musste mir gestern das Lachen verkneifen, als ich die entsetzten Gesichter der Sassners sah, während Sie den beiden die Dokumente abnahmen. Es scheint, die wollten wirklich abhauen. Was aber werden Sie tun, wenn die beiden trotzdem abreisen? Pässe kann man ja schließlich auch einmal verlieren, und an den Grenzen wird nicht mehr so streng kontrolliert", beginnt Lupi die Gesprächsrunde.

„Dafür habe ich gesorgt. Rosanna wird sich etwas einfallen lassen. Ich weihte sie gestern Abend noch ein." Volpe greift nach einem Cornetto.

„Und verdächtigen Sie weiterhin Mauro? Was für ein Motiv hätte er aber, Amalia zu töten? Ob er sie sexuell belästigt hat? Oder hatten die beiden gar ein Verhältnis?" Lupi ist auf Volpes Einschätzung sehr gespannt.

„Mauro ist aber nicht der Typ, der Gewalt an Frauen ausübt", meint Anna. „Man hat sich aber schon oft getäuscht, gerade die netten ..."

Das Mobiltelefon klingelt. „Pronto, hier Volpe ... si dimmi, erzählen Sie ruhig, ich habe Zeit. ... va bene, grazie per l'informazione, ciao."

„War das Perugia?" Anna ist neugierig.

„Ja, die Kollegen haben den Exmann Sandro Conti vernommen. Seine DNA ist nicht identisch mit dem Blut an der gefundenen Keramikscherbe. Sie fragten ihn nach weiteren Angehörigen von Amalia Conti. Sie habe noch einen Vater in den Niederlanden, ihre Mutter ist leider schon verstorben. Sandro Conti wird seinen Ex-Schwiegervater anrufen und ihm die traurige Nachricht übermitteln. Der Vater soll sich bei uns oder in Perugia melden."

„Und was ist nun mit Mauro Felice?", setzt Francesco das Gespräch fort.

„Ich kann ihn nicht mehr lange draußen lassen. Falls er sich nicht freiwillig bei uns meldet, werde ich ihn in den nächsten Tagen zu uns in die Polizeistation bestellen, um die dringend erforderlichen Proben zur Spurensicherung abzunehmen. Falls sich alle Spuren bestätigen, muss er in Untersuchungshaft. Er war zum fraglichen Zeitpunkt in der Wohnung Contis, das sieht wirklich nicht gut für ihn aus."

„Oh Signor Volpe. Ich hatte vergessen Bescheid zu sagen. Meine Frau hat heute Vormittag um zehn Uhr einen Termin beim Frauenarzt. Ich habe ihr versprochen ..."

„Und warum sitzen Sie dann noch hier, Francesco? Schöne Grüße an Ihre Frau! Anna, übernehmen Sie bitte die Fingerabdrücke und DNA der Sassners, die ich für heute vorgeladen habe."

Volpe lässt sich auf seinen Bürostuhl fallen. Sein Hemd klebt an seinem Körper. Er fühlt die feuchtwarme Luft, die durch das Fenster dringt. Heute wird es für die Jahreszeit extrem heiß werden. Hoffentlich wird der Tag ruhiger, und er kann in den kühleren Gemäuern des alten Gebäudes verweilen. Anna wird bestimmt heute Mittag in der Gelateria 'Il Gatto' gutes kühlendes Eis holen, sobald sie die Sassners abgefertigt hat.

Das Mittagessen wird er heute ausfallen lassen. Am Abend wird er auf der Terrasse im Ristorante Il Fagiano sitzen. Er freut sich auf das leichte Fischgericht, dazu einen Salat, etwas Weißbrot und einen kühlen Grecchetto. Gerne würde er Rosanna eingeladen, um sich für ihr Engagement zu bedanken. Er sollte sie gleich anrufen. Er nimmt sein Mobiltelefon und sucht in der Kontaktliste nach ihrer Nummer. Oder hat sie überhaupt Interesse, mit ihrem alten Schulkollegen auszugehen? Vielleicht hat Rosanna einen Lebensgefährten und ihm nichts davon erzählt? Volpe tippt auf die Taste ‚Beenden' und legt sein Mobiltelefon neben den Bildschirm seines Computers.

Kapitel 21

Der Traktor springt beim zweiten Startversuch wieder nicht an. „Non c'e due senza tre", denkt Rosanna. "Keine Zwei ohne die Drei", so ein italienisches Sprichwort. Der Schlepper steht seit fast einem Jahr in der Halle und wird erst wieder im November für die Olivenernte eingesetzt. Sie dreht noch einmal den Zündschlüssel um. Finalmente! Es rattert, und schwarze Rauchwolken steigen aus dem Auspuff des Dieselmotors empor. Rosanna fährt den Traktor rückwärts aus der Halle, lenkt ihn über ihren privaten Weg zwischen Oliven, Oleandersträuchern und Kiefern und stellt ihn quer hinter einem Mercedes am schattigen Olivenbaum-Parkplatz ab. Sie zieht den Schlüssel aus dem Zündschloss und steckt ihn in ihre Hosentasche. Schwungvoll springt sie vom Traktor herunter, klopft mit ihrer Hand auf die Hosentasche mit dem Schlüssel, lächelt zufrieden, steigt in ihren sagrantinoroten Fiat Spider Cabrio und fährt in ihren Weinberg.

Nonna schreitet durch das Hühnergehege und sammelt in einem Korb die Eier ein. Herr Sassner erscheint hinter den Rosmarinsträuchern und ruft ihr zu: „Hallo! Hallo! Wir sind eingeparkt, kann jemand den Traktor wegfahren?" Nonna kennt ihre Antwort. „Oh Signor Sassner, das tut mir leid. Rosanna fuhr den Traktor zum Parkplatz. Steckt denn kein Schlüssel im Zündschloss? Falls nicht, hat sie ihn wohl versehentlich mitgenommen. Sie ist mit ihrem Auto zu den Erntehelfern gefahren. Sie wissen, heute ist der dritte Tag der Sagrantino Weinlese, die wichtigste Zeit für meine Nichte."

Herr Sassner interessiert sich nicht für die Weinlese. Er braucht sein Auto, und zwar dringend. Er und seine Frau müssen nach Montefalco. Man habe einen wichtigen Termin. Nonna beruhigt Herrn Sassner. Sie stellt ihren Eierkorb auf einen Gartentisch und holt einen Schlüssel aus dem Landhaus. „Ah wunderbar, ich kann den Traktor wegfahren, Sie müssen sich nicht für uns bemühen", freut sich Herr Sassner.

„Oh nein, Signore, das ist nicht der Traktorschlüssel. Kommen Sie mit. Nehmen Sie unser Auto."

Im Hof steht ein Oldtimer, ein roter Cinquecento mit beigem Faltdach. „Prego, Signor Sassner."

Nonna amüsiert sich, als sie beobachtet, wie Frau Sassner die Hände an den Kopf schlägt und ohne Unterbrechung auf Frank einredet, auf den kleinen Fiat deutet, den Kopf schüttelt und letztendlich in dieses enge Gefährt einsteigt. Ihr Chihuahua klemmt zwischen Busen und Frontscheibe. Herr Sassner versucht verzweifelt, den Sitz nach hinten zu verstellen, aber irgendetwas scheint zu blockieren. Er gibt auf und setzt sich mit angewinkelten Knien in das Miniauto. Überraschenderweise springt der traditionelle kleine Italiener mit seinen achtzehn PS sofort an. Dafür sorgte gestern Abend Danielo, der auf Anweisung Rosannas das Ladegerät an die Batterie anschloss.

Mit knallenden Fehlzündungen hoppeln die Dortmunder Totengräber den unebenen Weg zwischen den Olivenhainen hinunter zur Straße. Nonna lacht zufrieden hinterher. Plan gelungen!

Kapitel 22

Anna Morena stellt einen großen Eisbecher auf Volpes Schreibtisch. Sie ging tatsächlich, nachdem sie die DNA- und Fingerproben von den Sassners abgenommen hatte, zur Piazza in die Gelateria. Der Commissario genießt die cremig süßen Eiskugeln und ist dankbar, diese Sassners heute nicht mehr sehen zu müssen. Bei dieser schwülen Witterung wird er heute etwas früher seine Arbeit beenden. Die Proben der Sassners müssen erstmals im Labor analysiert werden. Das Ehepaar wird das Land nicht so schnell verlassen. Außerdem würde ihn Rosanna anrufen, falls ihre Dortmunder Gäste sich irgendwie auffällig verhalten würden. Er wird eine erfrischende Dusche nehmen, einen kühlen Aperitif auf seiner Terrasse trinken und den erstklassigen Fisch in Mangoldblättern im Ristorante genießen. Gerne hätte er Rosanna bei sich gehabt, aber er traute sich nicht, sie einzuladen.

Volpe erhebt sich aus seinem Bürostuhl und wirft den leeren Eisbecher in den Papierkorb unter Lupis Schreibtisch. Dabei entdeckt er Amalia Contis geöffneten Laptop. Francesco hat wohl noch nicht alles überprüft. Oder vergaß der werdende Vater heute Morgen von den Ergebnissen zu berichten? Was ist mit den Mailnachrichten? Ob es hier Hinweise zu dem Mörder gibt?

Er setzt sich an Lupis Schreibtisch, öffnet den Mailaccount und blättert sich durch unendlich viele Werbemails. Volpe klickt auf ‚Gesendete Nachrichten'. Dort findet er Korrespondenzen zwischen Amalia und den Feriengästen des 'Casa Belvedere'. Diese Adressen soll Lupi überprüfen.

Er blättert weiter und öffnet eine Nachricht vom 3. September an ‚hsmit@VRmail.nl': „Hallo, wie besprochen nächste Lieferung am 15.9., nicht vor 23 Uhr, Sereni wartet vor Ort, A."

„Fünfzehnter September? Maledetto! Das ist ja heute! Anna! Ich brauche Ihre Hilfe", ruft Volpe ins Nebenzimmer. „Sie haben doch Informatik studiert. Wie bekomme ich heraus, wer hinter dieser Mailadresse steckt?"

„Lassen Sie mal sehen, hier steht VRmail Punkt NL. Das ist ein Provider in den Niederlanden. Man muss sich an diesen Provider wenden, der kommt an die IT-Adresse heran, und so lässt sich der Name und die Anschrift der Person ermitteln."

„Sehr gut! Leiten Sie die Mail an die IT-Forensik in Perugia weiter. Schreiben Sie, wir benötigen umgehend die Daten."

„Erledigt!" Anna klickt auf ‚Senden'. „Haben Sie sich den Browserverlauf schon angesehen?"

„Den Browserverlauf?" Volpe ärgert sich, weil ihm im Moment nicht einfällt, was das bedeutet, „Mmh nein, noch nicht, schauen Sie doch bitte."

Während Anna Morena sich in ihre Studienzeit zurück versetzt fühlt und den Laptop nach jedem Bit und Byte durchstöbert, schaltet Antonio Volpe den Ventilator in der Ecke des Raumes an, stellt sich an das geöffnete Fenster mit Blick in das weite Tal und denkt nach. Wie könnte eine Lieferung aus den Niederlanden aussehen, die Sereni erwartet? Handelt er etwa mit Drogen? Deshalb der teure Maserati! Wer aber ist sein Abnehmer? Oder versteckt sich in der Lieferung ein Überraschungsgeschenk von Amalia? Vielleicht waren die beiden ja doch ein Paar. Warum aber so eine kurze geheimnisvolle Nachricht an H Smit? So schreibt man weder bei einer offiziellen Bestellung noch an eine Privatperson. Sollte er Cesare Sereni anrufen und fragen, was er mit H Smit aus den Niederlanden zu tun hat?

„Hier", unterbricht Anna seine Gedanken, „das könnte interessant sein. Amalia Conti hat offensichtlich ein Online-Bankkonto. Diese Seite wurde vor fünf Tagen geöffnet. Ich komme aber ohne Passwort nicht rein."

„Da kommen wir nur über den Staatsanwalt weiter. Ich werde ihn sofort anrufen, schließlich handelt es sich um einen Mord, und es geht höchstwahrscheinlich um Drogengeschäfte. Ich bin sicher, der Staatsanwalt wird sich einsetzen, damit wir unverzüglich eine Auskunft der Bank erhalten."

Der Kriminaltechniker in der IT-Forensik in Perugia konnte mit Hilfe der Kollegen in Milano die Daten der niederländischen Mailadresse schnell enttarnen: ‚Hans Smit Transport Logistiek Dienstverlener Rotterdam'. Er schickte die Info umgehend per Mail nach Montefalco. Der Commissario betrachtet die Website von Hans Smit. Das Transportunternehmen liegt unmittelbar am Containerhafen in Rotterdam. Auf einem der Fotos sind die Lastwägen des Unternehmens abgebildet. Wenn das kein Umschlagplatz für Drogen ist.

Der Drucker in Annas Büro quietscht und rattert. „Che stampante stupido, so ein blöder Drucker!" Papierstau. "Ausgerechnet jetzt!" flucht Anna, öffnet sämtliche Klappen und versucht herauszufinden, wo sich das Papier eingeklemmt hat. Sie wird schnell fündig und entfernt die einzelnen Papierschnipsel aus dem unteren Fach, schließt die Klappen, setzt sich an den Computer und klickt erneut auf das Symbol ‚Drucken'.

Volpe und Anna sitzen nebeneinander am Schreibtisch und betrachten die ausgedruckten Seiten.

„Sehen Sie, Anna, auf den Kontoauszügen Amalias stehen beachtliche Buchungen. Hier ein Geldeingang über einhundertfünfzigtausend Euro von …diese Schrift ist zu klein …"

„Von Cesare Sereni!" hilft ihm Anna. „Und hier weiter oben gehen einhundertzwanzigtausend Euro an Hans Smit. Es scheint, als verdiene die Dame Amalia für irgendeinen Auftrag dreißigtausend Euro!"

„Hans Smit schmuggelt Drogen nach Umbrien, getarnt in einem seiner Transportwagen. Da bin ich mir sicher", ergänzt Volpe.

Anna betrachtet die nächsten Seiten. „Hier ist ein weiterer Kontoauszug, eine Kreditkartenabrechnung. Guardi! Das ist ja spannend! Dort wurden regelmäßig mehrere tausend Euro an eine Exchange, also an eine Kryptobörse, überwiesen."

„Und was bedeutet das?", möchte Volpe wissen.

„Entweder legte die Conti ihr Vermögen in Kryptowährungen an, in der Hoffnung, Steuern zu sparen, oder sie transferierte die sogenannten Coins an irgendjemanden weiter. Dazu müsste man die Krypto-Wallet auf ihrem Mobiltelefon untersuchen. Es wird aber schwierig werden, das Passwort zu knacken. Ich kann gerne versuchen, diese Wallet zu öffnen. Das Passwort gibt man mit sechs Stellen ein. Viele Leute sind so leichtsinnig und verwenden dafür das Geburtsdatum. Übrigens, diese Kryptowährungen bilden eine lukrative Anlage. Ich bin sicher, das ist die Zukunft des Zahlungsverkehrs. Wenn Sie möchten, erstelle ich Ihnen auch einen Account", erklärt sie euphorisch.

„Anna, das mit diesen Kryptodings, diesen Coins ist jetzt nicht wichtig. Dazu haben wir jetzt keine Zeit. Es gibt viel zu tun. Rufen Sie bitte Lupi an. Er muss seine Mittagspause verkürzen und er soll sich darauf einstellen, dass es heute eine Nachtschicht geben wird."

***

Der Himmel über Montefalco ist grau bewölkt, die Luft drückend schwülwarm. In der Stadt ist es still geworden. Die Bustouristen fahren bereits in ihre Hotels, um sich frisch zu machen oder nochmals in den Pool zu hüpfen. Sie möchten pünktlich zum Abendessen am Büffet erscheinen, um dort die besten Happen zu ergattern. Weitere Feriengäste suchen bereits eine Pizzeria oder eine Trattoria auf. Man verzichtet nur ungern auf seine Gewohnheit, am frühen Abend zu speisen. Das Museum schließt seine Tore und verabschiedet sich von den Besuchern. Die Händler der Souvenirläden schieben die vor der Tür platzierten Ständer mit Postkarten, Seidenschals oder Sonnenbrillen in den Verkaufsraum hinein. An der Piazza schließt ein Kellner des ‚Il Gatto' die Sonnenschirme. Er schaut auf seine Armbanduhr. Heute wird es nicht mehr viele Gäste geben.

In der Polizeistation laufen seit dem Nachmittag die Telefone heiß. Anna hackt in die Tastaturen und schreibt Protokolle und Mails an das Polizeipräsidium in Perugia, an die Carabinieri, an das Drogendezernat, an die Grenzkontrollen am Brennero und in Chiasso, an die Polizia Stradale in Florenz und in Perugia.

Inzwischen sind vier Polizisten aus Perugia zur Verstärkung eingetroffen.

Commissario Volpe verteilt mehrere Blätter aus dem Papiervorrat des Druckers nebeneinander auf dem Boden und klebt diese mit einem Tesafilm zusammen. Einen Flipchart kennt man in Montefalco nicht. Er krakelt darauf mit einem Kugelschreiber den Grundriss des Weingutes Sereni sowie die Straßen und Feldwege, die zu dem Anwesen führen. Auch hinter den Lagerhallen gibt es einen Feldweg. Lupi hat die Aufgabe, sich dorthin zu begeben, begleitet von zwei Polizisten. Volpe wird sich an der Landstraße unterhalb der Allee mit den anderen beiden Polizisten versteckt aufhalten und warten, bis der Transporter die Zypressenauffahrt zum Weingut hochfährt. Die Carabinieri stellt sich zur Verfügung und verteilt sich mit vier Geländewagen an alle Straßenausfahrten des Ortes Castel Ritaldi. Zwei weitere Polizisten der Hundestaffel stehen ebenfalls mit Rauschgiftspürhunden bereit.

Die Polizia Stradale in Florenz und in Perugia observieren den Lastwagen auf der Autobahn und geben Bescheid, sobald der Transporter diese verlässt.

„Wir haben leider kein Kennzeichen, aber der Transporter ist ein vierzig Tonnen schwerer Sattelzug und auffällig dottergelb lackiert. Die Aufschrift über dem Führerhaus in dunkelroter Farbe lautet ‚Transport Hans Smit Rotterdam'. Punkt zweiundzwanzig Uhr fünfundvierzig ist jeder an seiner Position. Bitte nicht vorher, es sei denn, die Polizia Stradale meldet, dass der Transporter früher die Autobahn verlassen hat. Wir haben noch gut zwei Stunden Zeit, bevor wir aufbrechen. Ich wiederhole, erst Zugriff, wenn der Transporter alles abgeladen hat. Wir bleiben in Verbindung mit unseren Headsets, und ich gebe das Kommando. Alles verstanden?"

***

Der Nachthimmel ist rabenschwarz. Die dicke Bewölkung lässt keinen noch so schmalen Schein des Mondes auf die Erde hindurch. Lupi versteckt sich mit seinen beiden Kollegen hinter einer der Lagerhallen des Weingutes. Sie wagen sich noch nicht zur großen Halle, die zum Innenhof führt, vor. Volpe warnte vor dem Weimaraner, der auf sie aufmerksam werden könnte.

Vor einer Stunde erhielten sie die Meldung, ein gelber Sattelzug mit der Aufschrift ‚Transport Hans Smit Rotterdam' habe die Autobahn verlassen. In fünfzehn Minuten müsste der Lastwagen eintreffen und in den großen Innenhof fahren. Von den Dachziegeln tropft Wasser in Francescos Genick. Es beginnt zu regnen. „Porca madonna", flucht er leise. Sie gehen an der Längsseite der Lagerhalle entlang und suchen mit der Taschenlampe den Eingang, um sich vor dem Regen zu schützen. Die Eingangstür an der Seite steht offen. In der Halle entdecken die Polizisten Traktoren, Schlepper, alte Weinpressen, Landwirtschaftsmaschinen sowie einen älteren dunkelgrünen Fiat. Lupi bestaunt kurz den Oldtimer und schlendert ein paar Schritte weiter. Über das Headset hört er die Meldung. „Achtung! Der gelbe Sattelzug fährt in zwei Minuten die Allee hoch". Die drei Polizisten geben sich Handzeichen, jeder begibt sich auf seine vereinbarte Position.

Polizist Lupi versteckt sich hinter einer Ecke der großen Halle. Es regnet in Strömen. Wenn wenigstens ein kleines Vordach diese Wassermengen etwas abhalten könnte, denkt er bei sich. Der Innenhof ist schwach beleuchtet. Der schwere Lastwagen donnert die Auffahrt hinauf. Er wendet im Hof und stößt, wie erwartet, rückwärts in Richtung Hallentor, welches in diesem Moment geöffnet wird. Ein großer schlanker Mann tritt heraus und spricht mit dem Fahrer. Das dürfte Sereni sein, eingehüllt in Regenjacke und Kapuze ist er nicht eindeutig zu erkennen. Nun lenken zwei weitere Männer je einen Gabelstapler aus der Halle heraus. Sie laden mindestens vierzig oder fünfzig Paletten aus dem Transporter ab und bringen diese in die Halle. Lupi kann nicht erkennen, was sich auf den Paletten befindet. Sie sind mit Plastikfolien umwickelt.

Inzwischen kämpft sich Commissario Volpe zusammen mit den beiden anderen Polizisten in strömendem Regen die Allee hinauf. An den Schuhen klebt der Schlamm, sein Hemd und seine Hose sind durchnässt. An eine Regenjacke dachte er beim Losfahren nicht. Er bleibt an einem der großen Torpfosten mit den hohen Rosen stehen und beobachtet ebenfalls das Geschehen. Es wird ruhig. Die Gabelstapler scheinen alles entladen zu haben. Der Mann mit der Kapuze begleitet den

Lastwagenfahrer in das Büro. Volpe spricht leise in sein Mikrofon „Wir machen uns für den sofortigen Zugriff bereit. Ihr nehmt die Männer in der Halle fest, ich kümmere mich im Büro um Sereni."

„Verstanden!" antwortet Francesco Lupi."Nein Stopp! Kein Zugriff! Die Gabelstapler fahren aus der Halle wieder heraus."

„Accidenti!", schimpft Volpe. „Was ist los?"

Jetzt bemerkt auch Volpe, dass der Transporter wieder mit Paletten aufgeladen wird. Er gibt Anweisung, abzuwarten, bis alles beladen ist.

„Lupi, können Sie etwas erkennen? Was hat das zu bedeuten?" Volpe ist nervös.

„Ich weiß nicht, was hier vor sich geht. Es sind auf jeden Fall wieder volle Paletten. Leider kann ich in der Dunkelheit nicht erkennen, was darauf bepackt ist."

Die Fahrer der Förderfahrzeuge kämpfen sich durch den Regen. Jetzt fährt der letzte Gabelstapler heraus, die beiden Zinken heben die letzte Fracht auf die Ladefläche des Lastwagens. Der Gabelstapler verschwindet wieder in der Halle, in der bereits die Beleuchtung ausgeschaltet wurde.

Volpe ist angespannt. Er nimmt sein Mikrofon seines Headsets in die Hand. „Achtung Durchsage. Bereit machen für die Festnahme. Ich begebe mich jetzt ins Büro. Alle anderen gehen schnell zur Halle. Zugriff!"

***

„Signor Sereni, es ist mitten in der Nacht. Irgendwann möchte ich gerne nach Hause in mein Bett. Es hat keinen Sinn, bis morgen früh auf Ihren Anwalt zu warten. Aber wenn Sie nicht reden möchten, erzähle ich erstmals." Volpe ist verärgert.

Zwei Polizisten stehen mit verschränkten Armen an der verschlossenen Tür des Büros in Montefalco. Cesare Sereni sitzt Volpe und Lupi am Schreibtisch gegenüber. Etwa einen Meter hinter Sereni lümmelt der Fahrer auf einem Drehstuhl, den Rücken an die Stuhllehne gedrückt, die Beine auseinander gestellt, einen Arm auf dem Tisch abgestützt, zwischen seinen Fingern hält er eine Zigarette. Es ist Hans Smit, der Transportunternehmer. Der Mann ist etwa Mitte sechzig, hat ein hageres Gesicht, ungepflegte Zähne und blondgraue dünne Haare. Er trägt eine dunkelblaue Latzhose und ein gelbes Shirt mit rot gesticktem Firmenemblem seines Transportunternehmens.

Volpe spricht wütend zu Cesare Sereni: „Sie lassen sich also billigen Rotwein in großen Mengen anliefern. In einem versteckten Nebenraum jagen Sie diese Flaschen durch die Etikettiermaschine, packen sie wieder in Kartons und auf Paletten und lassen sie bei Nacht und Nebel von Ihrem Hof verschwinden. Sehen Sie auf diese Flasche, die ich vom Transporter holte. Hier steht geschrieben: ‚Cantina Sereni, Castel Ritaldi, Sagrantino Biologica, anno 2014', und eine schöne goldfarbene, aber gefälschte Banderole des Qualitätskennzeichens DOCG bekommt Ihr Fusel auch noch um den Flaschenhals geklebt. Genau das Etikettendesign der Datei, die wir auf Amalia Contis Laptop gefunden haben."

Sereni blickt mit ernster Miene auf den Tisch und reibt sich nervös die Hände.

„Woher beziehen Sie diesen Wein?", Volpe wird lauter.

„Aus Spanien, genauer gesagt aus dem Weinanbaugebiet La Mancha", mischt sich Hans Smit in das Gespräch ein und zieht an seiner Zigarette.

„Sie fahren also von Rotterdam nach Spanien und dann hierher nach Umbrien?"

„Nein, der Wein wird mit dem Güterzug aus Valencia nach Genua transportiert. Dort habe ich die Fracht aufgeladen."

„Und wer ist der Abnehmer?"

Nun spricht Cesare Sereni nach längerem Zögern.

„China. Wir liefern den Wein nach China. Sie glauben gar nicht, wie verrückt die Chinesen nach europäischen Bioweinen sind. Vom Geschmack her können diese Reisweintrinker einen Spanier von einem Italiener sowieso nicht unterscheiden. Der Wein ist in China zu einem Statussymbol gereift. Die reichen Weinhändler bauen sich sogar märchenhafte Schlösser nach den Vorbildern Frankreichs. Warum soll ich das Geschäft nicht mitnehmen? Schließlich bin ich im Förderverein der Vini dell'Umbria und spendiere jährlich eine schönen großen Betrag."

„Wie viele Kartons passen auf so eine Palette?", möchte Lupi wissen.

Hans Smit kann das genau beantworten. „Einhundert Kartons, das sind sechshundert Flaschen je Palette. Bevor Sie lange rechnen, ich habe dreißigtausend Flaschen auf dem Sattelzug."

Lupi tippt schnell auf der Taschenrechnerfunktion seines Mobiltelefons. „Madonna mia! Wenn Sie zwanzig Euro Gewinn pro Flasche erzielen, ist der Deal von heute über eine halbe Million Euro wert!"

Volpe fragt weiter: „Und warum überwiesen Sie so viel Geld an Amalia Conti? So eine großzügige Summe für einen Etiketten-Entwurf?"

Cesare Sereni reagiert wütend. „Lassen Sie Amalia jetzt aus dem Spiel! Sie ist tot!"

„Ja, und Sie haben sie umgebracht!" Volpe kocht. „Die Frage ist nur …"

Plötzlich steht Hans Smit auf, schlägt Cesare mit der Faust ins Gesicht und brüllt ihn an: „Was hast du Bastard mit Amalia gemacht? Was ist mit meiner Tochter passiert?"

Die beiden Polizisten halten Smit fest. Volpe muss sich erst sortieren.

„Wie bitte? Sie sind der Vater von Amalia Conti?"

Kapitel 23

In der Nacht tobte ein heftiges Gewitter mit Sturmböen über Montefalco. An der Piazza kehren einige Bewohner den verteilten Müll aus den umgekippten Tonnen zusammen. Die Kellner der Bars, Restaurants sowie der Eisdiele 'Il Gatto' wischen die nass gewordenen Tische und Stühle mit einem Lappen trocken. Auf den unebenen Pflastersteinen spiegelt sich die Sonne in den Pfützen. Die Luft riecht wohlig frisch, und es wird wieder ein warmer angenehmer sonniger Tag werden. Die Restaurantbesitzer freuen sich auf die vielen neuen Gäste.

Volpe liegt noch in seinem Bett. Er konnte wegen des Donnerns und Grollens kein Auge zudrücken, zudem war er sehr aufgewühlt von den nächtlichen Strapazen. Er brach in der Nacht das Verhör ab, nachdem Smit auf Sereni einschlug. Er schnappte sich Smit, setzte sich mit ihm in den Empfangsraum, und redete kurz alleine mit ihm. Die beiden Polizisten nahmen anschließend Sereni und Smit in Gewahrsam und brachten die beiden nach Perugia in Untersuchungshaft. Der Fall dürfte bald abgeschlossen sein. Falls die Blutspuren auf der Keramikscherbe mit dem Blut von Sereni übereinstimmen, gehört die Angelegenheit dem Richter.

Sereni erwartet zudem eine Anzeige wegen Etikettenbetrugs. Smit wird ebenfalls mit einer Anzeige rechnen müssen. Auf Anweisung Amalias organisierte er für Sereni den günstigen Wein aus Spanien. So verdiente er neben seinen Transportgebühren noch ein paar Extragroschen dazu, indem er Sereni gegenüber einen etwas höheren Preis pro Flasche angab, als der spanische Lieferant tatsächlich verlangte. Für diesen Handel floss also der große Geldbetrag von Amalias Konto zu ihm nach Rotterdam. Auch macht sich Smit als Mitwisser seiner illegalen Ladung verantwortlich. Hätte Smit nur den Transport übernommen, wäre er besser davon gekommen. Amalia überredete ihren Vater zu diesem Deal. Amalia, seine einzige Tochter, seine Prinzessin. Er konnte nicht nein sagen. Nun erwartet ihn das Gefängnis, und seine Tochter hat er aus ihm unerklärlichen Gründen verloren. Auch über das Provisionsgeld, welches Amalia in Kryptowährung anlegte und auf sein

Wallet transferierte, kann er sich nun nicht mehr freuen.

Ohne die Mithilfe Anna Morenas wäre diese Krypto-Transaktion nie aufgefallen. Volpe ist froh über diese aufmerksame und vielseitig begabte Mitarbeiterin.

Er späht auf seinen Wecker, es ist sieben Uhr. Er entscheidet sich, noch ein Stündchen liegen zu bleiben, bevor er seinen Dienst in der Polizeistation antritt.

***

„Nun erzähl schon, Francesco! Hat der schöne tolle Cesare tatsächlich die Amalia Conti umgebracht?", fragt Anna neugierig und bereitet, wie jeden Morgen, zwei Tassen Espresso zu.

Volpe ist noch nicht im Büro anwesend. Die Gelegenheit, um ihre Neugier zu befriedigen und Francesco auszufragen.

„Er hat die Tat bisher nicht gestanden. Ich bin mir aber sicher, er hat sie ermordet. Die zwei haben garantiert über Geld gestritten. Ein skrupelloser Betrüger wie Cesare ist durchaus fähig zu morden. Eine Million Euro Gewinn im Jahr mit billigstem Wein aus Spanien hätte Sereni erzielt. In einem der Aktenordner fanden wir eine Bestellung über einhundert Paletten Wein. Das musst du dir einmal vorstellen!"

„Apropos Betrug", wirft Anna ein. „Was gibt es eigentlich Neues von den Sassners? Die wurden doch schließlich so richtig von der Conti über den Tisch gezogen. Liegen denn die Ergebnisse der Spurensicherung schon vor? Also, ich traue auch diesem Sassner einen Mord zu. Als Inhaber eines Beerdigungsunternehmens hat der doch sowieso keinen Respekt mehr vor dem Tod."

Lupi holt die Gebäckstücke aus der Tüte und legt sie auf einen Teller. „Das werden wir heute alles erfahren. Da fällt mir ein, Mauro Felice hat noch nicht bei uns vorgesprochen. Er muss noch die DNA-Proben abnehmen lassen. So ein Feigling!"

„Buongiorno Commissario!" Anna begrüßt Volpe fröhlich, der durch den Flur eilt und entgegen seiner sonstigen Gewohnheiten direkt seinen Schreibtisch ansteuert. „Trinken Sie einen Espresso mit uns?"

„Si volentieri! Ich komme gleich zu euch. Ich rufe nur schnell meine Mailnachrichten ab."

Volpe hastet in die Küche, trinkt seinen Espresso im Stehen, schnappt sich ein Cornetto con

Crema und verabschiedet sich. „Ich muss dringend zu Rosanna! Das bleibt aber unter uns."

„Verstehen wir!" Anna zwinkert Francesco zu.

Kapitel 24

Nonna schlägt Eier in eine Schüssel und verrührt diese mit dem Zucker. Sie fügt Olivenöl und ein Glas Trebbiano hinzu. Dann nimmt sie eine Zitrone und reibt die Schale in den Teig. Che profumo, was für ein Duft, stellt sie fest. Nun gibt sie noch Mehl und etwas Backpulver hinzu und verrührt den Teig, bis er geschmeidig ist. Sie holt eine Kuchen-Kranzform aus dem Küchenschrank, fettet diese ein und füllt sie mit dem Teig. In etwa einer Stunde wird die Küche nach Zitronen, Oliven und Wein duften, und Nonna wird eine leckere Ciambellone an einen der Gäste überreichen, der heute seinen Geburtstag feiert.

Rosanna sitzt am Küchentisch und addiert mit einem Taschenrechner die Arbeitsstunden der Helfer. Die Sagrantino-Weinernte ist beendet. Die jungen Helfer freuen sich auf die Bezahlung unmittelbar vor dem Wochenende. In ein paar Tagen folgt auch schon die Lese des Sangiovese.

Commissario Volpe betritt die Küche. Rosanna bemerkt sofort seinen traurigen Blick. Er nickt ihr zu. Rosannas Augen füllen sich mit Tränen. „Ich habe ihn zu den Weinreben gleich unterhalb des Hauses geschickt, um dort die Streben und Pflöcke zu befestigen."

„Ich gehe alleine zu ihm", sagt Volpe und verlässt unverzüglich den Raum.

Behutsam spricht der Commissario zu Danielo, der gerade mit einem Hammer ein paar Holzpflöcke festschlägt.

„Du hast Amalia geliebt, nicht wahr?"

Danielo wirft den Hammer auf den Boden und versucht zu fliehen. Volpe hält ihn am Arm fest. „Danielo, bleiben Sie bitte. Es hat keinen Sinn, wegzulaufen. Erzählen Sie mir, was passiert ist?"

„Dieser Cesare Sereni ist an allem schuld. Dieses Dreckschwein! Er verwickelte Amalia in miese Geschäfte."

„Was meinen Sie mit miesen Geschäften?"

„Na, diesen Etikettenschwindel mit irgendeinem billigen Rotwein."

„Sie wussten davon?"

„Ja. Ich hatte schon länger den Verdacht, dass irgendetwas nicht stimmt, weil diese Etikettiermaschinen nächtelang liefen. Eines Abends, als ich länger an einer Maschine arbeitete, schlich ich mich in die große Lagerhalle und entdeckte die vielen Paletten mit Weinflaschen ohne Etikettierung."

„Wie war denn nun Ihr Verhältnis zu Amalia?"

„Wir waren erst seit zwei Monaten zusammen. Ich erzählte niemandem von unserer Beziehung. Amalia wollte das so. Zu meinem Bedauern trafen wir uns sehr selten. Sie behauptete immer, dass sie von ihrer Arbeit in Perugia sehr ausgelastet sei, versprach aber gleichzeitig, irgendwann das Casa Belvedere als Ferienwohnung aufzugeben und mit mir zusammen dort zu wohnen. In den letzten zwei Wochen wollte sie mich überhaupt nicht mehr sehen, jedoch entdeckte ich sie öfters bei diesem falschen schmierigen Cesare".

„Was genau passierte am Samstagmorgen?"

„Nichts, Cesare hat sie umgebracht."

„Danielo. Auf Amalias Kleidung befanden sich Hundehaare. Ich erhielt erst gestern den Laborbericht der Kriminaltechniker, die Amalias Kleidung untersuchten. Niemals hätte ich Sie verdächtigt. Aber Ihre liebe Agata mit ihrem weißen Fell hat Sie leider verraten. Ich musste gestern Rosanna bitten, in Ihrer Wohnung heimlich Ihre Zahnbürste zu stehlen, die ich für einen DNA-Abgleich benötigte. Wir haben eine Keramikscherbe mit Blutspuren im Mülleimer in der Küche des Casa Belvedere gefunden. Es tut mir leid Danielo, es sind Ihre Blutspuren."

Danielo setzt sich ins Gras und weint. Volpe kniet sich zu ihm.

„Ich wollte das nicht. Glauben Sie mir bitte! Wir hatten gestritten, wegen Sereni. Ich wollte sie warnen, was für ein dreckiger Betrüger er ist. Es ging mir auch um Rosannas Cantina. Sereni hätte den Weinmarkt in ganz Umbrien geschädigt. Aber Amalia war nur wütend und schrie mich an, ich solle mich aus ihrem Leben endlich heraushalten. Ich hätte ja keine Ahnung. Dabei nahm sie die Keramikvase vom Tisch und warf diese nach mir. Ich nahm Amalia fest in die Arme, um sie zu beruhigen. Sie wehrte sich wie eine wild gewordene Katze, ging einen Schritt rückwärts, stolperte mit ihren hohen Absätzen und schlug dabei mit ihrem Kopf auf die Steine des Kamins. Das Blut schoss aus ihrem Kopf und sie blieb leblos liegen."

„Und anstatt die Polizei zu rufen, holten Sie einen Eimer Wasser und einen Spüllappen aus der Küche, füllten etwas Spülmittel ein und stellten ihn auf den Tisch. Es sollte nach einem Unfall aussehen. Sie räumten die Scherben der blauen Keramikvase in den Mülleimer, dabei schnitten Sie sich mit einer Scherbe in den Finger."

Danielo nickt und wischt sich die Tränen aus seinem Gesicht. „Ich hätte sie so gerne als Freundin gehabt. Sie war so eine hübsche zarte Frau."

Volpe nimmt Danielo in den Arm. „Hör zu Danielo. Das war Totschlag und kein Mord. Ich werde alles tun, damit deine Strafe nicht zu hart wird. Versprochen. Ich darf doch du sagen? Weißt du, Amalia war nicht die zarte liebevolle Frau, die du dir vorgestellt hattest. Rosannas Gäste, diese Sassners, wurden auch von ihr finanziell betrogen. Und die Idee mit dem Etikettenschwindel stammte ebenfalls von Amalia. Sie zog sogar ihren eigenen gutmütigen Vater in diese dubiosen Geschäfte mit hinein. Und nun komm mit hoch zum Parkplatz. Francesco Lupi wartet im Wagen auf uns."

Volpe setzt Danielo in den Fiat zu Francesco Lupi, kehrt nochmals zurück zu den Ferienappartements und klopft bei Sassners an die Tür.

„Buongiorno Signori. Sie können sofort Ihre Papiere und die Pistole wieder abholen. Es handelt sich tatsächlich nur um eine Schreckschusspistole. Falls Sie keinen Pass für die Waffe besitzen, seien

Sie bitte vorsichtig, wenn Sie die Grenze passieren. Die Carabinieri kennen in so einem Fall keinen Spaß. Schmeißen Sie besser dieses Teil auf dem Rückweg in den Tiber. Buon viaggio di ritorno!"

***

Volpe und Lupi betreten die Bar Porta Agostino. Mauro wird blass. „Scusi Signor Volpe, ich hätte heute meine DNA an der Polizeistation abgegeben, sicuro! Wie Sie sehen, bin ich auch nicht abgehauen."

„Machen Sie uns bitte zwei schöne Cappuccini." Volpe lächelt ihn an.

Mauro stellt die beiden Tassen auf die Theke und sieht Volpe mit hochgezogenen Augenbrauen fragend an.

„Wir haben den Täter gefasst. Sie müssen Porta Agostino nicht schließen."

„Ist das wirklich wahr?", fragt Mauro ungläubig und hält einen Moment inne. Die Farbe ist ihm kurz aus dem Gesicht gewichen. Zu groß war die Anspannung der letzten Tage.

„Ich könnte sie alle umarmen", strahlt er. „Un momento per favore!"

Er holt drei Weingläser aus dem Regal über seiner Espressomaschine und öffnet eine Flasche Sagrantino aus der Cantina Baldelli, Jahrgang 2012.

„Darf ich Sie zu einem Glas Wein einladen?"

„Sehr gerne, grazie mille. Wie geht es Loretta?"

„Sie wohnt bei ihrer Mutter. Sie spricht kein Wort mehr mit mir."

„Vielleicht wird sie sich über die neue Nachricht freuen. Ich wünsche Ihnen viel Glück, Mauro. Sie wissen, jeder macht einmal Dummheiten. Non cade il mondo - davon geht die Welt nicht unter. Salute! Und nun entschuldigt mich. Ich habe noch eine wichtige Verabredung."

„Collevecchio?", grinst Lupi.

Volpe verlässt wortlos die Bar. An der Tür dreht er sich nochmals kurz um und lächelt. Er läuft die Corso Mameli hinauf zu einem Blumengeschäft und bestellt einen großen Strauß sagrantinoroter Rosen.

EPILOG

Etwa eine Woche später, an einem Samstagmorgen, sitzt Volpe in seinem weißen Alfa Romeo, bepackt mit Angelruten, Werkzeugkasten, Benzinkanistern, Kühltaschen, einem belegten Panino mit Mozzarella und Tomaten und einem Panino Porchetta, dem kalten Spanferkelbraten, ein paar Äpfeln, zwei Flaschen Wasser sowie einer Flasche Trebbiano, dem leichten Weißwein für den Spätnachmittag. Sein Weg führt über Perugia zum Lago Trasimeno. Sein kleines Fischerboot erwartet ihn im Hafen in Castiglione del Lago. Nach etwa einer halben Stunde Fahrt klingelt Volpes Handy.

„Pronto!"

„Commissario Volpe? Hier spricht Francesco Lupi"

„Ciao Francesco, wo brennt es?"

„Signor Volpe, in der Notrufzentrale ging ein Anruf ein. Wir haben leider einen neuen Mordfall."

„Francesco, nicht schon wieder an einem Samstag! Ich drehe sofort um, wo treffen wir uns?"

„Nein nein! Stopp Commissario. Das war ein Scherz! Ich wollte Ihnen nur mitteilen, dass ich Vater geworden bin!"

„Ich gratuliere! Das freut mich sehr für Sie. Ist es ein Mädchen oder ein Junge?"

„Es sind zwei Jungen. Wir haben Zwillinge! Luca und Mattia."

Barbara von Bredow, Jahrgang 1963, ist in Würzburg geboren und aufgewachsen. Sie arbeitet als Heilerziehungspflegerin und ehrenamtlich als Klinik-Clown in Seniorenheimen.

Bereits in ihrer Jugend bereiste sie das Land Italien. Seit sie Umbrien entdeckte, verbringt sie dort jeden Sommer mit ihrem Mann ihre Ferien und lernte so die liebevollen Menschen und die malerische Region kennen. "Die Tote an der Strada del Sagrantino" ist ihr erster Umbrienkrimi.